走笔太行

——中国作家看长治

◎ 刘醒龙等 著

中国文联出版社
http://www.clapnet.cn

图书在版编目（CIP）数据

走笔太行：中国作家看长治 / 刘醒龙等著 . --
北京：中国文联出版社，2020.7
　　ISBN 978-7-5190-4311-7

　　Ⅰ . ① 走… Ⅱ . ① 刘… Ⅲ . ① 散文集 – 中国 – 当代
Ⅳ . ① I267

中国版本图书馆 CIP 数据核字 (2020) 第 111324 号

走笔太行：中国作家看长治

著　　者：刘醒龙等		
终 审 人：朱彦玲	复 审 人：蒋爱民	
责任编辑：胡　笋	责任校对：胡世勋	
封面设计：苗　艺	责任印制：陈　晨	

出版发行：中国文联出版社

地　　址：北京市朝阳区农展馆南里10号，100125

电　　话：010-85923067（咨询）85923000（编务）85923020（邮购）

传　　真：010-85923000（总编室），010-85923020（发行部）

网　　址：http://www.clapnet.cn　http://www.claplus.cn

E-mail：clap@clapnet.cn　　　hus@clapnet.cn

印　　刷：天津旭丰源印刷有限公司

装　　订：天津旭丰源印刷有限公司

本书如有破损、缺页、装订错误，请与本社联系调换

开　　本：880×1230	1/32	
字　　数：180千字	印　张：6.5	
版　　次：2020年7月第1版	印　次：2023年4月第2次印刷	
书　　号：ISBN 978-7-5190-4311-7		
定　　价：49.80元		

爱上这片土地

——在中国作家长治行采访采风活动
启动仪式上的致辞

尊敬的各位作家，同志们：

在喜迎中华人民共和国成立70周年之际，各位著名作家走进山西长治，感受老区的发展脉动，书写老区的奋斗故事，这是长治文化事业的盛事，是对我们的巨大鼓舞，是对长治工作的有力支持。我代表中共长治市委，对大家的到来表示热烈欢迎，向关心支持长治发展的中国作协、《小说选刊》杂志社及各位作家表示衷心的感谢！

长治是个有底蕴、有故事的地方。我来这里工作时间不长，还在逐步了解这片土地，但是已经深深爱上这片土地。这里不仅有深厚的历史文化、有壮美的太行山水，更孕育了伟大的太行精神，彰显着老祖宗、老天爷和老前辈给我们留下的古色、绿色和红色基因。

长治古称"上党"，苏东坡曾经用"上党从来天下脊"的名句给予赞誉。这里是华夏文明的重要发祥地之一，炎帝神农氏就是在这里"尝百草、得五谷、教民耕种"，实现了人类从游牧到定居、从渔猎到农耕的伟大转折。女娲补天、后羿射日、精卫填海等许多中国史前神话传说都发生在这里，被誉为"中国神话故乡"。自从秦朝在这里设上党郡，长治已经有2300多年的建城史。东晋时期的著名高僧法显，就是在长治襄垣县的仙堂山剃度出家的，62岁到西天取经，比唐玄奘早了228年，鲁迅先生高度评价他是"舍身求法、中国脊梁"。明嘉靖八年也就是公元1529年在这里设长治县，取"长治久安"之意，这也就是长治名字的由来。全市现有国家级文物保护单位66个、省级文物保护单位63个，元代以前的木结构古建筑189座，占全国总数的40%以上，被誉为"古文化和古建筑博物馆"。全国现存的唐代木结构建筑只有4座，都在山西，其中就有一座在长治，就是平顺县的天台庵。

山西省正在打造黄河、长城、太行三大旅游板块，长治就处在八百里太行最壮美的一段，有太行山大峡谷等众多自然风景区。山西给外界的印象一般都是黄土高原、干旱少雨，而长治却是山西最富水的地区，年降雨量600多毫米，森林覆盖率30%以上，市域内有大中小型水库83座，市中心还有周长20千米的环城水系。特别是紧邻长治主城区的漳泽湖，总面积58平方千米，对于中西部内陆城市来说，这是十分宝贵的生态资源。河南林州市著名的红旗渠，引的就是长治浊漳河的水，红旗渠主干渠全长70千米，其中有19.7千米在长治的平顺县境内。全市冬无严寒，夏无酷暑，四季分明，号称"北方的南方、南方的北方"，是很适合人类居住的地方。这些年长治获得了不少国家级头衔，比如是全省唯一的全国文明城市，全省第一个国家卫生城市，还是国家园林城市、国家森林城市、中国优秀旅游城市。今年5月，长治还被中国天气网授予"中国天气·避暑之城"的称号。

　　长治是革命老区，抗战时期八路军总部和中共中央北方局就长期驻扎在长治境内，朱德、彭德怀、左权、刘伯承、邓小平等老一辈革命家在这里创建了太行、太岳抗日根据地，部署和指挥了百团大战、黄崖洞保卫战、沁源围困战等著名战役。抗战期间，当时只136万人口的长治市就有12万人参加八路军，46万人随军参战，17万人为国捐躯，为民族解放事业做出了巨大牺牲。解放战争的序幕也是在这里拉开的，这就是著名的"上党战役"，由此长治也成了我党解放的第一座城市。艰苦奋斗、百折不挠的太行精神一直在这里传承和发扬。几十年来，老区人民逢山凿洞、遇沟架桥，坚持不懈绿化荒山，硬是在悬崖绝壁之上、崇山峻岭之间凿出了一条条"挂壁公路""太行天路"，硬是把一片片光秃秃的干石山变成了涛涛林海。中国有"万里长城"，长治有"万里长墙"。为了保护好这来之不易的造林成果，壶关县人民硬是用石头垒出了蜿蜒起伏一万多里的森林防护墙，被授予吉尼斯世界纪录。由此长治也成了"劳模之乡"，模范人物辈出，著名代表就是全国唯一的一至十三届全国人大代表申纪兰。伟大的太行精神正是长治发展的不竭动力。

　　长治是国家老工业基地和资源型城市，经济总量排在全省第二位。这些年我们一手抓传统产业改造升级，一手抓新兴产业培育，大力实施创新驱动战略和人才强市战略，努力打造山西重要增长极、建设省域副中心城市，初步形成了支撑多元的现代产业体系。LED 产值占到全省的 95%，光伏产业产值占到全省的 57%，新能源汽车产量突破万辆，生物医药制品占全省50% 以上，通用航空和文化旅游产业蓬勃发展，能源革命深入推进，"双创"工作得到国务院领导肯定。2019 年 5 月，长治因为老工业基地调整改造力度较大，落实有关重大政策措施成效明显，受到国务院督查表扬，并给予 2019 年"免督查"的激励。去年 3 月我们启动了城乡生活垃圾分类工作，经过一年多的探索实践，已经走出了一条"长治路径"，大家如果感兴趣，可以现场感受一下这方面的情况。为了促进垃圾源头减量，建设节约型社会，践行生态文明理念，去年我们还做了一件小事，在全市党政机关和事业单位推广使用钢笔，停止、禁止使用一次性中性笔、签字笔、圆珠笔，我们还借机举办了全市钢笔书法大赛，传统的回归给人们带来了别样的幸福。

长治属于中西部欠发达地区，人民生活水平还不高，脱贫攻坚和环境保护任务还很重，城市建设还有很多短板，经济发展还有不少困难，这就更加需要弘扬太行精神，加强文化滋养，强化精神动力，凝聚奋进力量。

长治也是文学创作的沃土。老一辈作家赵树理大部分时间都在长治学习教书、抗日办报、下乡劳动、体验生活、进行创作。我每次去平顺县西沟村看望申纪兰大姐，都会经过三里湾村，都会自然想到小说《三里湾》，想到作家赵树理。

各位作家都是当今中国文坛的名家大匠，长年奋斗在记录新时代、书写新时代、讴歌新时代的前沿一线。希望长治的历史文化、太行山水、太行精神和发展实践，能为大家提供创作的主题，激发创作的灵感，也相信大家会和我一样深深爱上这片土地，并对长治的工作提出宝贵意见。

祝愿大家在长治度过一段美好时光，为长治留下一段流光溢彩的文学记录！祝中国作家长治行采访采风活动圆满成功！

中共长治市委书记 孙大军

2019 年 6 月 21 日

目录

本书所采用图片均由长治市摄影家协会、长治日报社提供

水墨太行 张涛摄

漳河听潮

★

第一章

白庚胜

　　文学博士，研究员，中国社会科学院研究生院教授。先后担任中国社会科学院少数民族文学研究所研究员、副所长，中国少数民族文学学会理事长，中国民间文艺家协会副主席、分党组书记，国际纳西学学会会长，国际萨满学会副主席，中国文联主席团委员、书记处书记。现任十三届全国政协常务委员，中国作家协会副主席，丽江市委市政府顾问。

想往长治（外一首）

白庚胜

今夜，
仰望着辽远的西空，
我不思劲挽雕弓射天狼，
只是想往太行山下那片叫长治的土地，
去接受又一次生命的洗礼。

在那里，
我重归抟捏成人前的黄土，
本性历历，
赤心如初，
再作一次新的出发。

我向往，

饱尝长子的小米、黍稷，

畅饮清漳、沁水酿成的美酒，

恣肆于滚滚黄河东逝的浪花，

淘尽万年天之骄。

我之所以想往长治，

是因为我感动于历史的亦幻亦真：

传人烟的女娲，

尝百草的神农，

以德治政的尧舜，

刚直不阿的箕子，

痴心移山的愚公，

漳泽醉斜阳 程林超摄

舍身求法的法显，

见证共和国风雨历程的申纪兰，

修长墙绿化太行山的英雄群体，

共与长治同一体，

精神光照云水间。

辽远的长治，星月下我悉心品味她：

创造发明天下先，

不求独专谋公利；

流血牺牲自己去承担，

自由解放却奉献给全民族享用；

成败得失自己去探索，

智慧与经验却撒播到全世界开花结果；

治山治水的责任留给自己，

碧水清波却注入红旗渠与海河；

把开矿采煤的重担承压在身上，

光明与温暖却输送往京津。

长治的子民傲然独立，

悲天悯人；

诚正为本，

忠义至上；

外朴内秀，

刚柔兼济；

顿郁沉雄，

坚韧执著；

不惧怕战争，

却更热爱和平。

我想往长治，还因为"非遗"在这里别开生面：

剪纸出神入化，

梆子慷慨激昂，

盲人个个洞见心物，

厨子人人庖丁伊尹；

文化在这里信心满满，

传统于此地光鲜靓丽；

一方水土养一方人众，

一方人众铸成了一方精神。

长治啊长治，

我服膺壶关的雄山壁立，

痴迷潞州区的湿地浩渺，

怡然于羊头山的古道清风，

感叹那上党区的大新气象；

更点赞男人有老爷们儿的担当，

叹服女子有巾帼英雄的作为。

长治啊长治，

她谐和天人，

经纬南北，

联袂农牧，

融合夷夏，

掉阖内外，

重祀鼎新，

善驭风雨雷电，

能挟五台超吕梁，

曾射九日填沧海，

长平之战铁未销，

荡灭日寇金戈奋，

上党炮隆定乾坤，

三里湾飘文墨香；

而今迈进新时代，

五个全面兴长治，

四个伟大振中华，

不信当代少歌吟，

独绝史诗正挥毫。

今夜无眠，

我在燕赵的故地想往长治；

想长治想得灵魂提振；

望西空望得神爽气定。

我将永远铭记：

长治有我的一份眷恋，

长治存我的一份感念；

那里乃我的寄托，

那里是我的希望。

游兴正浓的白庚胜

太行山

白庚胜

太行山，
太行 (xíng) 的山，
你一肩挑昆仑、一手挽燕岳，
大步流星走神州。

太行山，
太行的山，
你洋溢黄河、挥洒漳汾，
醇酒醉绿沁园春。

太行山，
太行的山，

你雕琢高原、描绘平川，

阡陌交通呈大美。

太行山，

太行的山，

你工于游牧、精在耪耘，

三晋处处金光灿。

太行山，

太行的山，

你头高高、腰直直，

栉风沐雨傲苍穹。

太行山，
太行的山，
你胸宽宽、骨铮铮，
阴阳兼济中华魂。

太行山，
太行的山，
你风清清、气正正，
乾坤朗朗荡阴霾。

太行山，
太行的山，

你云无言、石不语，
层峦叠嶂无字碑。

太行山，
太行的山，
你伏羲传人烟、神农启农桑，
炎黄子孙的共祖。

太行山，
太行的山，
你唐尧故里、虞舜旧邦，
厚德载物的心源。

太行山，
太行的山，
你抗日的模范、解放的先锋，
英勇无畏盖世雄。

太行山，
太行的山，
你改革前行、开放奋勇，
新时期的天骄。

太行山，

太行的山，
你和美和谐、和平和合，
大时代的乐园。

太行山，
太行的山，
你村村卓绝、人人英杰，
不愧寰宇间最行的山。

黄亚洲

  诗人、编剧、作家。曾任第八届全国人大代表、第六届中国作家协会副主席、中共十六大代表、浙江省作家协会主席。代表作有长篇小说《日出东方》《雷锋》《历史转折中的邓小平》《红船》等，以及《开天辟地》《R4之谜》《张治中》《上海沧桑》《历史转折中的邓小平》等数十部影视作品。作品曾获第四届鲁迅文学奖、首届屈原诗歌奖、金鸡奖最佳编剧奖、夏衍剧本奖、华表奖、飞天奖、金鹰奖等，并五次在国际电影节上获奖。先后被授予"首届中国百佳电视艺术工作者""全国优秀电视剧编剧"称号。

长治感情

黄亚洲

点赞长治的垃圾分类处理

我惊异长治的垃圾处理中心摆放了那么多的绿色盆栽：几十盆的文竹、几百盆的绿萝；这风景，就像我在许多宾馆大堂所见，告诉我，这真是一个垃圾处理机构？

显然，长治垃圾处理工作的绿色，已不再是一个理论概念。春风有多么干净，长治就有多么干净。

先把湿垃圾变成干净的水，再把少许的垃圾渣滓填埋。先进的理念和先进的设备，已经让长治成为全国标杆！这些文竹与绿萝，你可以看作是垃圾的变身。

垃圾这人类的污垢，终于无味无害。今天我在湿垃圾倒料口观察许久，闻不到任何异味。垃圾处理工穿着洁净的工作服，一个个动作优雅，这风景，就像我在许多宾馆大堂所见。

写这首小诗之前，本来，我很怕垃圾会把这些诗句弄脏。写完一读，无味无害，完全够得上一首诗的模样，有文竹的风度，有绿萝的清香。

太行山大峡谷："天空之城"崖壁电梯

惊骇的五十二秒，惊心的二百零八米！——我们以最快的速度从地底直窜山顶，每秒四米！

长见识了，这世上最高、速度最快的崖壁电梯！

想快速上升么？太行山的这柱人工脊椎，其实是装给你的！

你想想，窜到山顶之后的事情，是不是更加惊心？这里，我说的当然是玻璃栈道：太行山只以一块薄薄的玻璃托住我，托住一个高处不胜寒的道理！

天空之城有云，有雾，有鸟鸣，有玻璃给你的"人上人"的感觉；但是此刻，双脚为什么悄悄发软？我的脊椎里，为什么有每秒四米的冷风？

太行山心善，以一柱二百零八米的人工脊椎，为你，描述了一个太虚幻境的道理。

下面，是踏实的你；上面，是玻璃。

八泉峡

船游八泉峡

仿佛，一把尖细得像线一样的锯子，依着整座太行山往下锯，一直，锯到脚后跟部位，哪怕得赔上亿万年的功夫。

当然，你猜出来了，这把锯子，只能是水做的。

现在我就走在狭窄的锯缝里。跳动的锯齿，是深蓝色的波峰与波谷，鱼是锯末。

我抬头看天，天也是一条弯弯曲曲的河，但水色发白，没有我手边的好看。

褐色的峭壁布满图案，我看不懂，但是每个地质学家都看得懂，有人点着说：太古界、寒武奥陶纪、新近纪，但此时依次走过我面前的，却是顾恺之、黄公望、潘天寿。

船回码头，奉还救生背心。从最美丽的境地出来，也得舒口长气。你看看我，我看看你，仿佛是一场脱险。

壶关县，万里森林防护墙

请好好看我，也可以对我拍照。

我承认我有"天下第一长墙"的美誉，我不反对你们用瞻仰长城那样的目光看我。

我确实能干：我防火，防盗，防牲畜侵害；我保水，保土，保住良好的生态；我逶逶迤迤，连绵不绝。壶关的百姓用了整整四十年才把我分娩出来，又饱含着热泪，喊我兄弟。

他们能不激动吗：全县的森林覆盖率从百分之七增到百分之五十！一座县城，每天被小鸟吵醒。许多吹向街巷的风其实不是风，是油松的香味。

说实话，我的功劳是百姓的功劳，是十任书记与十二任县长手里的绿化接力棒！真的，要把我分娩成万里的长度可不是一件易事。一种最坚韧的精神，被壶关百姓，用文火炖着。

好好对我拍照吧，我粗犷、细腻、结实，发育得很有气势。我的口号是，我在森林在！——这一意志，也是壶关用文火炖着的！

血液在石头之内，始终沸腾，不信你摸摸我！

你摸着我，你也就是我的一块石头了！欢迎你全身的经络成为"天下第一长墙"，欢迎你来壶关护林！

崭新的旅游胜地：长治振兴小镇

读读下面这些景点名称，看看能否让你心动：孝廉公园、格桑花海、鹊桥仙吊桥、生态游乐馆、农民艺术馆！

再说一些吧，心动了吗：槐荫寺、抗战主题广场、体验式采摘园、恐龙馆、跑马场！

再说几个，看看如何：音乐喷泉、大型生态酒店，四合院的"花间堂"民宿，还有造得与北京天坛一模一样的文物收藏馆！

关键是，上述所有景点，都属于一个村子！你从地图上的一个针尖里，发现了一个万花筒！

振兴村的旅游业火了，一个春节，竟然，三十万人蜂拥而来。曾经贫穷的村子，现在每天都浸泡在锣鼓、歌舞与欢乐中。别墅里的农民整夜睡不着：咋的天堂说下来就下来了呢！

我今天坐游览车绕村走了一圈，头有点晕，嗡嗡嗡的。不好，我一定是变成一只蜜蜂了！

只缘此地，花色太好！

振东的健康产业，现在声名如雷

振东集团与我，似乎息息相关：我有一次服用补钙药，药盒上就写着"振东制药"。

今天我的感觉是：我身上增补的钙质，原来都是振东的冲劲！

原来，振东，有势不可挡的意思！

一九九三年艰难起步的一家加油站，不会想到，十几年以后，会与美国、英国、德国、澳大利亚签约合作，公司遍布世界！

难道说，起步于"加油"，是个彩头？好像是，也好像不是。有人介绍说，关键是，他们有一种民族自豪感！每个振东人的骨头里，都有最高值的钙！

我现在走进他们的科技中心，各种先进仪器与植物的根、须、茎、叶、蕊紧密缠绵。这就是说，振东，如今还是个加油站，他们给自己加油，也给世界加油！

显然，以后，我上药店，得多看看盒子上的厂名，看看是不是跟"加油"有关：我需要从一粒药中，获取一群人精神里的钙质！

长子县街心：精卫鸟雕塑

精卫鸟之所以对自己的填海伟业这么有信心，是因为，山西有个长子县；是因为长子县城西二十五千米处，有一座发鸠山；是因为，发鸠山上，有数不清的闪闪烁烁的小石头！

大海再大，也怎能抵挡小石头每天的冲锋陷阵！

精卫鸟对发鸠山在关键时刻的支援，十分感激！为此，她向大海宣战，她必须填平这个淹死了自己的仇家！为此，她及时把一颗即将熄火的心脏，从人的身上，移到了鸟的身上。

我站在长子县的街心，仰脸，向精卫鸟致敬，向她舞蹈中的不可一世致敬，向她用尖喙挟起一座座大山致敬，向雕塑了这座鸟儿的长子县父老乡亲致敬！

我看见她衔起一座山，又一次出发了；我知道不是她出发了，是一个县的人民集体出发了！发鸠山，其实应该读作发令枪，是一种不达目的誓不罢休的意志出发了！

一只小鸟，喙舌间都是血，双翅挂满雷电与冰霜。

我要昭告天下，她的每一次飞行，都不是在做无用功！请记住，精神里的任何东西，都不是无用的。

长子县的木化石

两亿五千万年前的东西，突地就站到你面前，像一根迎面击来的木棍。

盯着你，只隔一层薄薄的玻璃罩。

有害怕的感觉吗？

比你个子还高，曾经轰轰烈烈活过、招摇过、呐喊过、生儿育女过——现在，盯着你！

他盯着你的目光很短促，只间隔两亿五千万年。

那时候这里一片汪洋，他努力携带一大片陆地漂洋过海而来，却又突然没入海浪！

一腔的家国遗恨啊，所以至今，目光锐利。

他唯一能做到的是：自己的死相，尚可力所能及。于是，下决心，让自己全身骨肉，长成盔甲！

他现在又从海底升起，站上山坡，盯着你，让你结结实实感受两亿五千万年前的迎面一棍：活出信念的，即便死了，也还是一身盔甲，还能不倒！

真相是，他根本看不见我。他怎么会看见我呢，我一生就没穿过盔甲！

在他携带来的这份土地上，不会有我这个松垮的人屹立的位置。

我只是自己看见自己，发愣，站如木棍。

长子树化石 常宇明摄

长子县的崇庆寺关着许多故事

许多好听的故事关在寺庙里，它们当然都想突出门外。崇庆寺是个四合院，殿都小，墙都厚。突围有难度。

而我们一个个的，都是钥匙。

说错了，真正的钥匙，是讲解员姑娘。

伶牙俐齿的，高高低低的故事就顺着齿缝，从殿堂出来，争先恐后，开启人心。

就譬如大士殿，十八个罗汉带着各自的十八段精彩，撞击我的人生，毫无顾忌，就仿佛他们所降服的龙与虎里，趴着我们灵魂的野性。

就譬如十帝殿，中国的十个帝王被封为阎王，至今对他们的顺民的后代，还施以人与鬼的恐吓；其中有秦始皇，对知识分子最狠的一个。

许多好听的故事，自北宋就关在这里。现在，它们顺着钥匙的齿缝，欢欢喜喜，打开一批批的心房与心室。

我听见四面八方都响起了清脆的咔嚓声。只是，我自己这把门锁，好像有质量问题。

我了解自己，便宜没好货。

长治国家城市湿地公园

我立即有了这样的联想：一片清清浅浅亮得发白的水，与一片挤得密密麻麻的杨树、柳树和槐树，多么像一张宣纸上的墨团与留白。

至于一滩一滩的芦苇荡，那是宣纸上一团一团的水渍。野鸭成群降落之时，这些水渍会起变化。

长治的百姓，全都喜欢展览在城市客厅里的这幅水墨：七百四十公顷，一整张的宣纸啊！

穿梭其间，是他们的最爱。他们的心情，是舒展的羊毫与狼毫。

今天黄昏，我一直跟芦苇与菖蒲坐在一起，彼此轻轻摆动。一缕晚风，持续摇着我们，这缕风是夕阳的最后一抹余晖做的。

采风团在长治国家城市湿地公园留影

《小说选刊》走进抗大一分校北岗旧址

抗大一分校北岗旧址

我要通过一副绑腿的线索，探究你入学的途径：你是爬过日寇封锁线而来的，先设法到长治，然后，到岗上村。

我要通过炕上这个叠得方方正正的绿色被褥，了解你每日的紧张：集合、放哨、站岗、打靶、借天主堂听大课、挖防空洞、向群众宣讲抗日救亡！

我要通过一顶沾血的灰军帽，打听你牺牲的过程。知道你，半年后，随校辞晋赴鲁，途中接敌，你当即就搬出了自己的打靶成绩，在鬼子胸口，找到好几个十环和九环！

最后，你的同学们一边痛哭，一边，把一朵野菊，插入你的鬓发。

　　我要通过抗大一分校的旧址，寻觅无数个你，寻觅无数副绑腿、无数条被褥、无数顶军帽！

　　我要通过一九三九年的山西长治，搂住延水河、宝塔山与中国人民苦难中的重托！

炎帝在山顶俯瞰着长治市

　　炎帝在山顶俯瞰着长治市，他不仅仅是俯瞰，手里还捧着东西。那东西沉甸甸的，他双手捧着——那是谷粟！

　　在长治市区的制高点老顶山建造炎帝纪念馆，绝对有道理，

长治有太多的炎帝足迹，应该让他走上山顶，让他手里的谷穗，成为长治的海拔，让长治的高度，有沉甸甸的感觉！

炎帝教民播五谷，教民医药与制陶，教民健身与音乐！——炎帝就是海拔！每天能让炎帝俯瞰，心里踏实！

汽车直接开上了老顶山。现在我下车，仰看炎帝。我长岁数了，身躯远远没有炎帝那样挺拔，这一点，作为子孙，我深感羞愧。

又想，哪怕，做他手中捧着的那一枝弯曲的谷穗，我也幸福感满满啊！民以食为天，饱了，比啥都强！

炎帝，我深感羞愧，作为你子孙的子孙的子孙，至今，我

炎帝像　张国平摄

精神的高度，就这海拔。

法兴寺的思维菩萨

一向把罗丹的"思想者"奉为人类思维之图腾，直到今天，看见了你；直到，在法兴寺，听了吹不灭的佛灯、石头做的塔殿种种故事之后，在圆觉殿两侧，看见了十二圆觉菩萨；且在其中，看见了你！

你的坐姿与别的不一样，你在思考。你思考的样子也不一样，你太专注。你进入了思想的圆心，因此，你的神态，已美丽得如同思维本身。

你的思考显然是东方式的思考，所以，眉眼之处才有如此的典雅与高贵；显然，西方的罗丹没法塑造你，他的思考，大多鼓凸于人物的肌腱。

北宋的哪位雕塑师，给了你摄人魂魄的魅力，把紫竹独步，给了法门？把肆意飞翔，给了圆融？

悄悄说一句，修成这样的观音相，是我的夙愿。我这辈子的思考样式，从今天起，不想再交给罗丹，而想交给北宋的匠人！

长治学院，讲课记

要感谢你们的掌声和我手中这本兼职教授证书。你们目光里的火焰，我在中国革命历史的各个阶段都见过。今天，我主动点燃了许多历史的灶膛，却看见火焰，在现场明明灭灭。

虽然你们都是中文系的，跟我一样，但你们的课本里不光有文人还有武将。你们的墨，磨起来，都会四溅火星。

当我说到，历史的流水，总有革命党的军火船驶过；南方甜糯糯的戏剧拖腔，会拖出闪电与霹雳；这时候，我就听见火花在现场噼啪作响。

互动环节，果然，你们把瞄准镜指向了我。你们在我夸张的手势里，发现了历史的夸张。

两个多小时，我跟你们在历史的拐弯处撞在一起。你们始终敏锐，而我视力有点老花。你们看见的是灰烬的辉煌，而我，听见的是火里的风声。

两个小时后，我就将告辞这个学校。过些年，你们也将如此。但让我们，都记得今天这个夜晚：我们共同用麦克风这根烧火棍，把好几段闷烧的历史捅开了，彼此瞳仁，火光熊熊。

潞安集团，煤基清洁能源公司

确实，煤化工是一篇大文章，对煤炭的利用，必须是"榨干吃尽"；煤的销售意识，必须改"吨"为"升"！

这是一场革命，也是规律：革命总会在最黑暗的地方爆发！

确实，作为一九四五年，中国共产党人从日寇手里接管的第一座现代化煤矿，今日的潞安集团有办好这件事的强大意志！

显然，这已经不是煤的概念了：食品级白油、特种航油、叠合高密度燃料、火箭推进剂、单烷烃溶剂、异构烷烃溶剂、

乙酸酯、戊二醇、高碳醇、烷基苯、太行润滑油。

当然，这已经不是煤的概念，但是，我还想进一步告诉你：这是诗句！

今天给我作介绍的年轻工程师，他也不是在说话，他是在朗诵！

致敬，五阳煤矿的劳动者

我看见挖太阳的人现在从井下轰隆隆升到井口了，那位井口把沟工，现在可以叫作井口升降指挥员，一声吆喝，安全栅栏门就打开了，这群黑衣黑盔的挖太阳的年轻人，带着疲惫，带着笑，直接就去浴室，然后就去二十四小时都候着他们的食堂，然后，就奔家属区，拥吻家里苦等着的月亮与小太阳！

我断定他们的黑衣黑盔，一定是太阳烤黑的。

对于藏匿很深的太阳，他们一年三百六十五天不间断地切割、挖掘、搬运。无数的光线在他们手里，一截一截暗淡下来，但是，即便，变成了叫作煤的乌黑的东西，看上去，也是通体光泽。

他们当然知道，整整五个太阳藏匿在此，千百年来百姓就是这么流传的：后羿射下九个太阳，其中五个，掉落在长治襄垣！因此，他们觉得自己的任务非常神圣，那就是，把这些巨大的太阳弄黑，一点一滴拉出井口，以便点亮中国人民的生活！

后羿负责打上半场，他们负责打下半场！

夜以继日挖掘太阳，使他们自己，也有了太阳的品格。记得一九六一年的全国困难时期吗，煤炭积压，矿上连续三个月开不了一分钱的工资，但是他们照常天天上班，仿佛，地层深处的能量，能够直接进入他们的胃！

我必须提到后来的十年动乱，那些年寒暑颠倒，甚至枪炮齐鸣，但是这个矿没有停过一天产，工人没有缺过一天班，他们想法朴素：国家没有能源不行！既然地面缺少了温暖，他们就齐心合力，多切割几块"太阳"，推出井口！

更大的劳动热情出现在改革开放之后，光是他们自己的发明创造，就超过了百项。听听：电动工字钢整形机、百吨大型锻压机、电动拔管机、高压管锁口机、高压管切割机！

这些年，矿区捷报频传，"太阳"以井喷的形式，涌出地面！

年轻的矿长今天在招待所食堂陪我吃饭，说起挖太阳的人，甚至，他眼眶都湿了。他说，就由于他们，我们五阳煤矿才敢提出这样的口号：打造全国同类矿井标杆矿！

我很同意矿长的感慨，每天，带着疲倦与微笑轰隆隆升上井口的人，使劲把太阳捧出地面的人，如同英雄后羿的人，才是人的标杆！

黑衣黑盔，这些烤焦的事物，是人间最为明亮的荣誉！

作家在五阳煤矿采风

杨晓升

　　杨晓升，广东省揭阳市人。现任《北京文学》月刊社社长兼执行主编，编审，曾获国家新闻出版总署评选的"全国新闻出版行业领军人才"称号；中国作家协会会员、中国报告文学学会副会长。著有长篇报告文学《失独，中国家庭之痛》等各类作品250余万字。长篇报告文学《只有一个孩子》曾获2004年正泰杯中国报告文学奖和第三届徐迟报告文学奖，《中国科技忧思录》获新中国六十周年全国优秀中短篇报告文学奖，《失独，中国家庭之痛》获首届浩然文学奖。近年所著中篇小说《红包》《介入》《身不由己》《天尽头》《疤》《病房》《宝贝女儿》《龙头香》等被多家报刊转载或入选多部年度优秀作品选本，出版中短篇小说集《身不由己》《日出日落》《寻找叶丽雅》等。中篇小说《龙头香》获第二届"禧福祥杯"《小说选刊》最受读者欢迎小说奖。

上党从来天下脊

杨晓升

上党，是旧时以太行山为主长治一带的总称。春秋时期，韩、赵、魏三国同时在此设立自己的郡治，又都叫上党，分别为韩上党、赵上党、魏上党。苏东坡有诗云："上党从来天下脊。"脊者，脊梁也。

——题记

一、太行山与长治

二〇一九年仲夏，我来到太行山西北麓的山西长治。太行山脉位于山西省与华北平原之间，纵跨北京、河北、山西、河南四省市，山脉北起北京市西山，向南延伸至河南与山西交界地区的王屋山，西接山西高原，东临华北平原，呈东北—西南走向，绵延四百余公里。它是中国地形第二阶梯的东缘，也是黄土高原的东部界线。对绝大多数人来说，太行山即便一辈子都没来过，也不会陌生。只要少年时代上过学，都会知道愚公移山的故事，因为这个故事被编入历届的小学课文中。在古文《愚公移山》里，愚公住在山的北面，他的家门南面有两座大山挡住出路，一座叫作太行山，一座叫作王屋山。愚公下决心率领他的儿子们要用锄头挖去这两座大山。有个名叫智叟的老头子看了发笑，说你们这样干未免太愚蠢了，你们父子数人要挖掉这样两座大山是完全不可能的。愚公回答说：我死了以后有我的儿子，儿子死了，又有孙子，子子孙孙是没有穷尽的。这两座山虽然很高，却是不会再增高了，挖一点就会少一点，为什么挖不平呢？愚公批驳了智叟，毫不动摇，每天挖山不止。这件事感动了上天，他就派了两个神仙下凡，把两座山背走了。人们将愚公的壮举和精神，作为敢作敢为、战天斗地、锲而不舍的典型代代相传，用以激励后来人做生活的强者。毛泽东著名的"老三篇"之一，写的也是《愚公移山》。那是一九四五年，毛泽东在中国共产党第七次全国代表大会上，以愚公移山的精神，激励并号召中国共产党人和全国人民团结奋战，坚决挖掉压在中国人民头上的帝国主义和封建主义两座大山。愚公是太行山人的榜样。而太行山里的人们，似乎骨子里都根植着这种开山破壁的天性，并在太行山的悬崖峭壁上留下了足以印证的奇迹。新中国成立之初，国家百废待兴。太行山里的人们以愚公移山的精神，艰苦创业，自力更生，完成了一个又一个

壮举。这股"敢叫日月换新天"的壮志豪情也飞越太行，传遍大江南北，激励着国人为建设一个全新的中国而齐心协力，战天斗地。著名的"红旗渠"人工天河工程，也诞生于太行山。从一九六〇年二月破土动工，到一九六九年七月支渠配套工程全面完成，河南林县人民以强大的意志力和团结忘我的精神，舍身奋战了近十年，完全以人力削平一千二百五十座山头，开凿二百一十一个隧洞，架设一百五十一座渡槽，在崇山峻岭间修起了总干渠长七十点六千米，干、支渠遍布各乡镇的传奇水利工程——红旗渠。当年有诗云："劈开太行山，漳河穿山来，林县人民多壮志，誓把山河重安排。"说的正是红旗渠战天斗地的壮举。林县虽然隶属太行山东麓的河南，但红旗渠的另一

头却连着山西长治的浊漳河，也就是说，浊漳河是红旗渠的源头，是来自山西长治的浊漳河水源源不断地通过红旗渠供养着太行山东麓的河南林县人民。我此行的目的地，正是位于太行山南段、山西东南部的长治。长治市地处黄土高原东南缘，东倚太行山，与河北、河南两省为邻，西屏太岳山，与临汾市接壤，南部与晋城市毗邻，北部与晋中市交界。从全市整体地貌看，山峦起伏、地形复杂，总体呈盆地状。最高点为沁源县太岳山主峰之一，最低点为平顺县浊漳河出境处。长治古称上党、潞州、潞安府等。"长治"原为潞安府府治所在县名，得名于明嘉靖八年（公元一五二九年），取长治久安之意。秦王政二十六年（公元前二二一年），秦统一六国后，实行郡县制，分天下为三十六郡，上党郡即为其中之一。"居太行之巅，地形最高，与天为党"，古称上党的长治，素有"天下脊"的美称。这里是精卫填海、后羿射日、女娲补天、愚公移山等神话的故乡，是神农定居和黄河文明的发祥地。自古以来，上党便是兵家必争之地，中国历史那些惊心动魄的章节就在这狭窄的山谷中纷纷上演，无数英雄豪杰曾经在这片土地上轮番登场，叱咤风云、纵横驰骋。历史的风云、战争的硝烟，激荡并铸造着长治人民坚韧不拔的钢铁意志和开拓创新、"敢为天下先"的英雄豪气。艰苦卓绝的抗日战争时期，长治的沁源县不仅设立了太岳军区司令部、创建了著名的抗日根据地，还奇迹般成为全国唯一没有出过汉奸的一个县；著名的上党战役，让长治成为全国胜利解放"第一城"；新中国成立之初，全国著名劳动模范李顺达和申纪兰的家乡、位于太行山南部腰脊的长治市平顺县西沟村，

是中国第一个农业互助组诞生地，同县的三里湾村（原川底村）则在一九五一年四月就创办了新中国第一个农业生产合作社，进而也诞生了著名作家赵树理的长篇小说《三里湾》；而为了改变荒山、绿化造林，长治的壶关县更是发扬愚公移山的精神，凭着一代代干部和群众的接力修建起进入上海大世界吉尼斯纪录的万里长墙。浩浩神州，是什么原因造就长治人民的这种意志、此种品格？我不由暗自思忖，努力寻找答案。

二、太行崖柏

陡峭的太行山犹如一道屏障，横陈在黄土高原与华北平原这两大文明发源地之间。从低处看，太行山是一面巨墙，壁立

仙山仙境仙人峰　李仲勋摄

万仞，隔绝一切信息。若从高处俯视，又如一阶阶石梯，拾级
而上似乎就能抵达新的世界。太行山中多峡谷，因了刀削斧砍、
陡峭雄奇的山势，峡谷中便多有惊世骇俗的风景。然而，如今
的太行山，最吸引我的却是山上山下那满目的绿。假若与印象
中的黄土高原相对照，你会感到那耀眼的绿无处不在、无时不
有。行走在长治太行山的崇山峻岭之中，抑或徜徉于惊世骇俗
的太行山大峡谷，放眼望去，你会发现绿色像上天撒下的"绿
雪"（而非白雪），这"绿雪"不仅覆盖着大地山川斜坡峡谷，
而且附着在陡峭的悬崖峭壁，青翠悦目，郁郁葱葱，生机勃勃。
这绿色当然不是什么"绿雪"，而是绿树，因为世间原本就没
有"绿雪"而只有绿树。到底是什么样的树才敢如此不惧贫瘠
干旱、险恶高寒，不屈不挠宣告着自身的存在，孤傲地彰显着
自强不息的精神和顽强的生命力？当地的朋友告诉我：崖柏。
崖柏——极富内在气质和精神质感的名字！据悉，太行崖柏乃
国之瑰宝，素有"活化石"之称。太行崖柏是天然长生的一种
植物，并且生长环境非常恶劣。尤其千年崖柏，一般都会生长
在无人问津的悬崖峭壁之上，是目前已知的、唯一能在悬崖绝
壁生长千万年的树种。史料记载，崖柏源于三亿年前，是恐龙
时代白垩纪的孑遗植物，被植物学家称为世界上最珍稀、最古
老的裸子植物，素有"植物大熊猫""活化石"之称，是我国
特有的国宝级植物。因其生长在海拔较高的悬崖峭壁上，故而
得名为"崖柏"。在被誉为"太行第一雄峡"的壶关八泉峡景区，
我久久地凝视着生长在一处陡峭悬崖上的丛丛崖柏。从外形看，
它们都不高大，都属于大小不一且枝叶茂盛的灌木丛，但都长

得仙风道骨。单丛看，它们或破崖而出，或傲然挺立，或倒挂金钩，或不屈不挠，或搏命攀援。成片看，它们桀骜不驯、脱俗超群、多姿多彩、气势非凡。如此神树，我不由得肃然起敬，耳边回响起清代诗人郑燮《竹石》中的著名诗句："咬定青山不放松，立根原在破岩中。千磨万击还坚劲，任尔东西南北风。"少雨干旱，高山险境，太行崖柏却依然能破崖而出，不屈不挠，傲然生长，千年不朽——如此高贵的品质和英雄气概，不正是太行山和长治人民古往今来的精神象征？因为高贵，所以珍贵，文玩家向来对崖柏情有独钟，人们对崖柏的喜爱也曾红极一时，太行土著则更是钟爱崖柏。因为太行崖柏所有特征符合珍贵木头的一切标准：不可再生，几千年生长，不具备人工培育可能性；安神杀菌，上千年的木头没有虫蛀过；味道醇厚，药香甜香薄荷味道沉迷可嗅；纹理瘤花闪电水云，变幻绚丽；油性十足，盘带包浆见玻璃底；密度大到沉水；壁立千仞，采集不易，直至现在还没有先进工具用以采集。一言以蔽之：木如此，得之幸！壮哉！巍巍太行，钟灵毓秀，遗世独立，无欲则刚，崖柏不朽。

三、万里长墙

谁都知道，中国有万里长城。可有谁知道，中国还有万里长墙？然而在这里，最让长治人引以为豪津津乐道并且最能体现长治人民精神品格的，当数壶关的万里长墙，那也是中国的万里长墙！站在海拔一千六百三十九米的壶关县十里岭，极目远眺，山川秀美，松涛荡漾。苍松翠柏间，或隐或现的一道道白色石墙，玉带般在绿树掩映的山峦间飘舞，与层层林海交相辉映，成为太行山上的一道亮丽风景。百万亩林海，万余里森林防护墙，是长治市壶关县干部群众在造林护林中创造的两大奇迹：一是发明"干石山上栽油松"技术，在干石山上植树造林一百零五万亩，把干石山区变成了生态绿洲，被誉为新的"太行奇迹"；二是发明"搬起石头垒石墙"技术，用石头垒成一万余里的森林防护墙，被誉为"天下第一长墙"，载入上海大世界吉尼斯纪录。说起万里长墙的由来，年轻的女解说员和当地的干部兴致勃勃、滔滔不绝。壶关在汉朝设县，为著名古战场。唐宋以前森林覆盖率达百分之七十以上。"上党战役一把火给烧了，再加上大跃进的破坏，到了五十年代末，山上全秃了。"二十世纪五十年代壶关县的森林覆盖率陡降到百分之二点三，连全国平均水平的四分之一都不到，基本就是光秃秃的干石山。老百姓的生活极苦，"山荒鸟绝迹，滴水贵如油"。在河南林县人修建红旗渠的时候，壶关人也开始想改变自己的面貌。转机出现在一九七八年，改革开放的春风让壶关迎来发展的春天。"壶关的希望在山，出路在林"，"治水必先治山，治山必先种树"，"造林就是造水，造林就是造粮"。县委县政府发出"向荒山秃岭进军"的号召，从此一干就是四十年，从未间断。令人感动也堪称奇迹的是，壶关县的历届干部都非常爱树。四十年来，壶关的县委书记变了十人，县长换了十二人。书记变了，绿化壶关的决心没有变；县长换人了，举县造林的力度没有减。他们都念草木经，都行绿化令，都树绿化志，都干绿化事，一任接着一任干，唤起民众千千万，他们硬是在干石山上创出奇迹，把壶关植成了个大公园（壶关被定为国家级森林公园）。壶关的群众与林县红旗渠的百姓一样，是那种特别朴实肯干的太行山人。自古中国的油松就是长在阴坡山，但二十世纪八十年代初，壶关的农民王五全创造了油松在阳坡石缝中植活的方法，他以此获得了全国劳动模范的荣誉。壶关县大力普及，有近十万人掌握了这项技术，大家齐上阵，年年在石头缝里种树。他们成立了种林专业队，走遍全国。在广州、深圳和上海等大城市，经常有十几个专业队一起搞绿化，而壶关的成活率最高。以至于全国哪儿有在恶劣环境种树的活儿，比如在石头山上绿化，在高大楼房、水泥街区和立交桥上种树栽草，园林部门就去壶关请人。壶关经验是："阴坡育苗阴坡栽，阳坡育苗阳坡栽，当地育苗当地栽。"壶关植树造林取得的显著成效，引起了国家、省、市有关领导和林业部门的高度重视，先后有两任国家林业局局长、四任省林业厅厅长到壶关调研指导工作，中国农业电影制片厂专门录制了《干石山上栽油松》科教片，把壶关经验推向全国……造林难，护林更难。由于气候变暖，持续干旱，壶关防火任务越来越重。每到清明节期间，有时一天发生数起火灾，此起彼伏，防不胜防。尽管县里领导和群众一起死看硬守，实行包片、包村、包山头，很大程度减少了森林火灾，却不能从根本上消除隐患。一九九九年春天，某乡一个月起火二十五次，乡长奔波得疲惫不堪。一九九九年春，原县委常委、常务副县长牛建忠回老家店上镇井则口村，在与乡亲的聊天中得知，村里一处果园因有石墙保护躲过一场山火，一个想法在他脑中迅速形成：山上遍地是石头，用石头垒一道防护墙，应该能起到隔离和保护作用。牛建忠把想法给村里的党员干部一说，大家一致同意试一试，并且说干就干！他带领乡亲们在"三边"（村边、路边、地边）开始垒墙。七十天的时间里，井则口的老百姓垒起了一道宽五十厘米、高一百厘米、长五千米的石质防火墙，并刷了白。把全村一千多亩山林全围了起来。防火墙的作用很快发挥出来了。防火、防盗、防牲畜，保水、保土、保植被。经验很快被推广到全县，哪里有树，防护墙就垒到哪里；哪里有山，防护墙就延伸到哪里。从最初的几千米，到后来的几百里、几千里，森林防护墙越修越长。截止到二〇〇一年六月，全县建成一条底宽零点八米、上宽零点四米、高一点五米、长两千六百千米的森林防护墙，被上海大世界吉尼斯总部认定为"最长的森林防护墙"。截至目前，全县森林防护墙已达一万余里。沿山沿林沿沟建起的森林防护墙，有效发挥了防火、防盗、防畜害，保水、保土、保生态的"三防三保"作用。世上没有无缘无故的奇迹和创造。说起万里长墙的由来，壶关人总结出让他们引以为豪的壶关精神："坚韧、厚道、睿智、奋进"。壶关随处可见的这八个字，让我不由得产生联想：壶关精神，不正是"咬定青山不放松"的竹石精神，同时不也正是太行山的崖柏精神吗？

四、古树雄风

沁源县的灵空山，也隶属长治。穿过密林，沿着曲折蜿蜒的山路小道，我来到灵空山圣寿寺后面的须眉山顶。山顶的岩崖处，一株粗犷高大、气势雄伟的古树赫然耸立在我眼前，那粗大的主树干拔地而起，半腰即派生、分岔出九支方向不同的树枝，雄赳赳地向天空挺拔。及至高处，茂密的枝干松针高傲地四下展开，宛若甩出九面随风飘扬的猎猎旌旗，九杆旗因此而得名。九杆旗实际是一株古油松，二○○四年六月，上海大世界吉尼斯组织实地勘测立碑，碑文如此记载：树龄六百年，胸径一点五米，高四十五米，树冠幅三十四点六平方米，立木材积四十八点六立方米。如此看来，九杆旗确实是名副其实的"油松之王"，因而载入当年的吉尼斯纪录。即便如此，当地人认为吉尼斯的记载有些保守，沁源县文化旅游产业发展有限公司二○一八年夏编撰的《灵空山》，书中的文字记载却显示：九杆旗树身通高五十余米，主干直径一点六米，树冠冠幅七十余平方米，木材蓄积量近五十立方米，树龄大约在八百年以上，是中国油松中最壮观最奇特的巨松。九杆旗古松一树成林、独树一帜，近千年来它像灵空胜境中的森林领袖，守望森林，俯瞰万物，向宇宙苍生昭示着生命的珍贵与传奇。松柏长青，青山不老。在长治的平顺县西沟村，我见到了另一棵"不老松"——全国著名劳动模范、全国人大代表申纪兰。申纪兰，女，汉族，一九二九年十二月出生于山西省平顺县西沟村，历任金星农林牧生产合作社副主任、中共平顺县委副书记、山西

九杆旗

省妇联主任、长治市人大常委会副主任、全国妇联第二至四届执委。一九五二年第一次被评为全国农业劳动模范，一九七九年、一九八九年两次获全国劳动模范称号，一九八三年获全国三八红旗手称号，二〇〇七年获首届全国道德模范敬业奉献模范称号，第一届至第十三届全国人大代表。作为一个普普通通的农村妇女，申纪兰先后受到毛泽东主席的亲切接见，在周恩来总理家中做过客，和邓小平一起照过相，后来历任的几位中央领导还亲自到西沟村看望过她。申纪兰还代表中国妇女参加了一九五三年在丹麦首都哥本哈根举行的第二次世界妇女大会，访问过莫斯科、华沙和柏林等，还受到了金日成、胡志明等外国领导人的亲切接见。二〇一六年三月二日，全国人大代表申纪兰随团抵达北京，出席全国人代会。这是申纪兰第五十次出席全国人代会，因为她是全国唯一一名连任十三届的全国人大代表，有媒体誉她为人大代表中的"长青树"和"活化石"。不过，对于耄耋之年仍当选全国人大代表的申纪兰，舆论也不免传出杂音和疑问。未见到申纪兰之前，我对此类舆论难做判断，因为从年龄讲，这样的杂音和疑问也并非没有道理。及至那天在申纪兰的家乡、长治市平顺县西沟村见到她本人，我颇为震惊：她结实硬朗的身板，沧桑却仍然红润健康的面色，稳健的脚步和爽朗的谈笑，让我难以相信她已经是一位步入耄耋之年的老人。面对我的来访和提问，申纪兰精神矍铄，谈笑风生，思路清晰。她兴致勃勃地介绍着西沟村近年来的变化，一个劲儿说社会主义好、共产党好，还竖起大拇指说："老百姓跟着共产党走没错！"听着她朗朗的笑声，看着她舒心的笑容，我深信她这番话是肺腑之言，也是她半个多世纪的经验之谈。申纪兰之所以是长治大地上的另一棵不老松，缘于她半个多世纪以来的传奇经历。一九二九年出生于山西长治平顺县山南底村的申纪兰，十八岁嫁到了同县的西沟村。太行山夹缝中的西沟村"山是石头山，河是乱石滩"。申纪兰说："一句话就是，金、木、水、火、土什么都没有，群众吃不饱穿不暖。"穷则思变，刚好又赶上新中国成立之初那个热血沸腾的年代。一九五〇年，年轻的申纪兰联络了十多个要好的姐妹加入互助组，后来，她又与著名劳模李顺达携手创办了闻名全国的"西沟金星农林牧生产合作社"，并被大伙推选为副社长，从此，申纪兰的事迹逐渐传遍了全国。一九五一年，申纪兰协助李顺达创办金星农林牧生产合作社，带领妇女参加生产劳动，实行男女同工同酬。一九五二年，她第一次被评为全国农业劳动模范。一九五三年，申纪兰光荣地加入了中国共产党，并被评为全国劳动模范。同年四月，申纪兰还被选为全国妇女代表，出席了第二次全国妇女代表大会。五月十九日，申纪兰作为中国妇女代表团成员，出席了在丹麦首都哥本哈根举行的世界妇女大会。一九七三年，申纪兰被任命为山西省妇联主任。毫无思想准备的她，总觉得这不合适，不愿去。她说："自己文化程度不高，又没有机关工作的经验，让自己当省妇联主任不如让别人当更合适。"她如实地向组织反映了自己的想法，但最后还是服从了组织决定。她上任后却不要级别，不要工资，不转户口，不要专车，还在西沟村参加劳动……不久，在她的再三要求下，最终还是辞去了这个正厅级职务。一九八三年，组织上把申纪兰列入长治市人大常委会副主任的候选人，她还是一再申明自己不合适，说："我识字不多，当好代表就行了。"最后她还是当选了。市里要给她转户口、定级别、配专车，她又全部推辞了。她说："我的户口在西沟，级别在农村，能走能动，要那些用处不大。"后来，她连续四届当选为长治市人大常委会副主任。任职期间，申纪兰多次外出联系业务，坐的是公共汽车，住的是价格低的旅馆，吃的是最便宜的饭菜。为了给村里出差办事，她每年的车费、住宿费少说也要花上好几百元，但她从未在村里报销过一次车票、领过一次出差补助，反而把国家每月发给她的生活补贴也"赔"进去了不少。有人说，你这是办公事，该报销就报了吧。她执意不肯，说："国家每月给我一百五十元的补贴，这就都有了。"二〇一八年一月三十一日，在山西省第十三届人民代表大会第一次会议举行的第五次全体会议上，申纪兰当选为山西省出席第十三届全国人民代表大会代表。二〇一八年十二月十八日，党中央、国务院授予申纪兰同志改革先锋称号，颁授改革先锋奖章，并获评"初心不改的农村的先进模范代表"。二〇一九年九月十七日，申纪兰荣获"共和国勋章"。申纪兰为何能够获得党和国家如此多的荣誉，耄耋之年的她为何仍能当选全国人大代表？相关资料显示，一九五四年，从她第一次走进全国人民代表大会，不认字、开会听不懂的申纪兰就不断学习，从所生活的基层农村出发提出各种建议。"男女同工同酬"被写进宪法，引黄入晋、太旧高速、山西老工业基地改造、长治到北京的直通列车和长治机场的建设、长治经平顺至林州的城际铁路、南太行山旅游交通建设……这些建议，都是在她联合其他人大代表提议下实现的。有人粗略统计，自从当上全国人大代表，申纪兰提交的议案建议有上百个。她和李顺达，先后成为与西沟村紧密相连的另一种符号。就像西沟村人自己总结的那样，"先是李顺达的时代，然后是申纪兰的时代"。一九八三年李顺达去世后，申纪兰就成了西沟村的"唯一"。毫无疑问，申纪兰的这个"唯一"，既是西沟村的文化符号，也已成为西沟村在新中国发展史中的精神象征。她就像长治境内灵空山上那棵千年不老的古油松"九杆旗"，任尔风霜雨雪、世事沧桑，她都能穿越岁月风尘傲然挺立，向世界、向万物生灵宣告着坚忍不拔的生命奇迹和生命誓言，鼓舞父老乡亲向着美好的生活百折不挠地奋勇前行。

五、长治的色彩

色彩是形象的外衣。赤橙黄绿青蓝紫，世间万物都有着自己的色彩。人类的每一个个体、每一个民族，乃至每一个地区和国家，都有着各自的色彩和喜爱的颜色，也都以此彰显着各自的形象。辞典上说：色彩是能引起我们共同的审美愉悦的、最为敏感的形式要素。色彩是最有表现力的要素之一，因为它的性质直接影响人们的感情。自从踏上长治的土地，长治的山水原野、城市乡村，便向我展现出各自的色彩与风姿。但长治的朋友一见面，便迫不及待、津津乐道地向我历数着长治最突出的色彩——古色：悠久的历史文化资源。古称上党的长治，是华夏文明的发祥地之一。早在上古时代，我们的祖先神农氏炎帝就曾在这里尝百草、驯养牲畜、发展原始农业。二点五亿年前的木化石，为上党文明写下了久远而深厚的第一篇章；新中国第一具完整的恐龙化石，向世人昭示了上党文明的亘古和绵长。数不尽的遗址、道不尽的陈迹，仿佛散落在上党大地上的颗颗明珠，印证着数千年长治文明的邈远悠长，诉说着上党文化的源远流长。上党还是神话的故乡。在中华史前神话传说中，上党神话以其源流之原始、密度之集中、内容之详备，占据着举足轻重的重要地位。神农尝草、女娲补天、羿射九日、精卫填海，这一篇篇奠定中华文明基础的神话传说，折射出长治古代文明的源远流长，印证着上党历史文化的博大久远。红色：丰厚的红色文化资源。长治是著名革命老区，也是中国共产党建立的第一座城市，长治也称"新中国第一城"。全市有

振兴小镇——长治

六百多处革命纪念地，红色文化资源非常丰富：武乡县的八路军太行纪念馆、王家峪八路军总部旧址、"百团大战"砖壁指挥部旧址、黎城黄崖洞革命纪念地、沁源县太岳军区司令部旧址、长治市太行太岳烈士纪念馆、平顺县西沟村等，都是长治著名的红色文化景点。抗日战争时期，八路军总部和中共中央北方局长期在长治境内驻扎。朱德、彭德怀、刘伯承、邓小平等老一辈革命家在这里领导军民浴血奋战，铸就了挺起民族脊梁的太行精神，当地干部群众形象地称之为"上党红"。绿色：长治，是国家森林城市。境内共有森林面积三十九万公顷，其中成林面积三十二万公顷，森林覆盖率百分之二十三，木材蓄积量一千一百万立方米。沁源境内的灵空山，属太岳山国家级森林公园。而长治境内的老顶山森林面积达三万亩，森林覆盖率达百分之七十四。即便是长治市域，森林覆盖率也达到百分之三十点九七，城区绿化覆盖率达到百分之四十八，绿地率达到百分之四十四点六，城区人均公园绿地面积达到十四点八九平方米，基本形成了城郊森林化、道路林荫化、农田林网化、庭院花园化、城乡绿化一体化的现代林业生态建设格局。中国天气网前不久还授予长治"避暑宜居地"称号。长治朋友如数家珍般的介绍，终于让我明白：古色、红色、绿色，如今成为长治最鲜明也让长治人最引以为豪的形象名片。古、红、绿，自然也成为如今长治的主色调。然而，除此之外，长治还有其他什么色彩呢？带着好奇，我继续寻找。在屯留县的抗大一分校旧址门口，我看到粉红色的木槿花。在平顺县西沟村，我看到红色的大丽花。在长治市区的垃圾处理站前，我看到黄色的万寿菊、白紫相间的石竹、粉色的天竺葵。在去往壶关县的乡村公路，我甚至看到一个村庄的路边竖着一块牌子：彩色村庄。"彩色村庄"到底是这个村原本的名字，还是它现在的广告形象名称？我问车上同行的长治朋友，他们也答不上来。因了我乘坐的面包车飞速路过，我无缘下车一睹那个"彩色村庄"的真容。但在长治县的振兴小镇，我却有幸领略到"彩色小镇"的迷人风采。振兴小镇位于长治市东南三十五千米处的上党区振兴村境内，四周群山环绕、翠绿掩映、气候宜人，素有"太行无扇之城、上党天然氧吧"之称。近十几年来，振兴小镇以"绿"为先，以"文"为魂，以"旅"为径，是一处集山水风光、休闲娱乐、民俗体验、农艺博览、旅游开发、农业观光、生态采摘、产品营销、会务策划、食品加工、餐饮宾馆、精品民宿、健康养生、旅游地产开发于一体的乡村旅游度假胜地。小镇还规划建设了振兴雄山欢乐谷、振兴民俗文化村、振兴农艺博览园三大旅游板块，建成了槐荫寺、工人文化宫、农民艺术馆、红色文化广场、孝廉公园、抗战主题广场、格桑花海、格桑寨、花间堂、拓展基地、鹊仙吊桥、山地秋千、生态游乐馆、恐龙馆、采摘园、跑马场、上党战役展览馆、上党印象步行街、振兴冰雪世界等二十余处各具特色的景观景点。令人称道的是，振兴小镇积极建设传统文化教育阵地，先后建起了以二十四孝故事为主题的孝廉公园、梅兰竹菊四大民俗文化长廊，同时对村内的四条街、九条路分别以仁、义、礼、智、信、贤、德、文、明等传统文化精髓加崇字打头进行命名，真正实现了看古品今、古今对话的和谐统一。走进振兴小镇，新颖别致的农家新居鳞次栉比，农舍绿树环绕，路边花团锦簇，洁净平坦的水泥路如玉带在乡间延展，村民们脸上神采飞扬、笑意盈盈，文明乡风扑面而来。振兴小镇党委书记牛扎根引导我穿行在赏心悦目、景色宜人的小镇街道上。面对一栋栋崭新整洁、环境优美的民居，他不无自豪地介绍说："我们这里凡小镇居民，都是以户为单位免费分配住房。若子女长大结婚独立生活，镇里也给单独分配住房。"我不禁羡慕，也不由得啧啧称赞："这不就是共产主义嘛！"其实，有如此感觉一点儿也不奇怪，近年来，振兴小镇声名远播，已先后被评为"全国文明村镇""全国美丽乡村建设示范村""中国十大最美乡村""中国生态文化村""中国最美宜居宜业宜游小城""新时代乡村振兴发展范例"等近二十个荣誉称号。"上党从来天下脊"。追根溯源，长治能够出"全国美丽乡村建设示范村""新时代乡村振兴发展范例"，一点也不奇怪。在长治短短几天，长治在全国领风气之先、让我惊喜的不只是振兴小镇，还有：早于全国各地，在全市普及实施的垃圾分类；倡导公民用钢笔而禁用一次性水笔和圆珠笔；国家创新型示范企业振东健康产业集团；国家"三高"煤的气化技术工业化示范基地潞安集团……所有这些"敢为天下先"的范例，无不传承着"上党从来天下脊"的传统，无不彰显着锲而不舍、奋勇拼搏的太行精神。离开长治的前一天，长治晴空万里，天高地阔，阳光灿烂。我登临长治市区最高点的老顶山，山顶的炎帝巨型雕像顶天立地，巍然矗立。此刻的炎帝正极目远眺，默默地注视着阳光普照的长治大地，这位华夏民族的祖先、农耕文明的先驱，此刻是否被现代化的长

治惊呆了？眼前的土地和子民，是否让他震撼？循着炎帝的目
光，放眼望去，长治市区全境几乎尽收眼底。崭新林立的高楼，
整洁宽阔的马路，青翠葳蕤的绿树，车水马龙的集市和花团锦
簇的街区，哪里还有一点儿农耕时代的影子？蓝天下，阳光如
瀑。我注意到，阳光照耀下的长治市区，此刻不仅仅只有长治
人引为自豪的古色、红色和绿色，还有赤橙黄绿青蓝紫等各种
颜色，可以说是五光十色、五彩缤纷。各种颜色在灿烂的阳光
照耀下宛若彩虹，如梦如幻，绚丽多姿，光彩夺目。我已经分
不清这时候的长治到底是哪种颜色，但我知道无论能否分辨，
眼前的美景就是如今长治的色彩，这也是新时代中国的色彩。

太行探古

★

第二章

马步升

　　甘肃省作家协会主席、中国作家协会会员、散文委员会委员，甘肃省社科院文化研究所所长、研究员。发表小说、散文和学术论著约600万字。散文集主要有：《一个人的边界》《天干地支》《陇上行》《故乡的反方向是故乡》等。中短篇小说集主要有：《老碗会》《马步升的小说》等。长篇小说主要有：《女人狱》《野鬼部落》《一九五〇年的婚事》《小收煞》《青白盐》等七部。学术论著主要有：《走西口》《河边说文》《兵戎战事》《西北男嫁女现象调查》《刀尖上的道德》《冯梦龙》等。曾多次担任茅盾文学奖、鲁迅文学奖、骏马奖、儿童文学奖及施耐庵文学奖等国内重要文学奖评委。

夜访二贤庄

马步升

　　今年的五月份，应邀去山西的沁源县采风，因为要连着去北京，主事者说，不必去太原乘飞机，长治有机场。沁源到长治大约两个小时路程，计划上午十点到长治，特意留出两个小时，就近看看长治的街景，赶上中午的航班，也算是来过了。

　　山西的许多地方都曾多次去过，以长治为核心的晋东南地区却从未涉足。心里一直在遗憾着，沁源虽也归长治管辖，去过沁源，却不等于去过长治。沁源派车送我到长治，正好是上午十点。长治的文友给领导汇报了，此前绝无麻烦任何领导的意思，但领导既然出面了，此行便显得有些郑重其事。衔接的车子进城后，我随意往窗外扫了一眼，不觉惊叫道：啊，二贤庄！本来决意要去二贤庄看看的，哪怕只是浏览一下，却因为主人事先已安排了行程，作为初次谋面的客人，理当客随主便了。

遗憾归遗憾，好在没有来过长治，所见都是初见，都是应该看看的，仅那天下独一份的观音堂，已足够流连一会儿了。该去机场了，一位领导说，我给主管领导汇报了，她今天早上有一个重要会议，脱不开身，但领导嘱咐我，下个月长治要举办一个作家采风活动，你一定要来，今天就算是正式邀请了。我想都没想，竟随口应承下了。此后的一段时间，一会儿下乡扶贫，一会儿这事那事，忙得一塌糊涂，但心里时刻都装着对长治的一份约定，把所有与这个时间段相冲突的活动都提前推开了。与其说这是言而有信，不如说，长治有着我没有了却的心愿。这份心愿在我的心底已经潜伏了数十年，从垂髫童子到中年沧桑，而五月份那次从车窗向外的匆匆一瞥，实在算是惊鸿一瞥。日月轮回，可以让一些人生记忆沉入深渊，也可以让一些记忆重新浮出水面。

二贤庄，这曾是一个多么惊心动魄的地名！童年时，在冬日的漫漫长夜里，成年人为了缓解那噬心扯肚的饥饿感，三三五五蜷缩在一盘滚热的土炕上，由一个人给大家说"古经"。我们那里把这种人叫"谝三"，这是带有贬义的，指那些说话做事信用度不高，卖嘴皮子的人，但却见多识广能说会道，在消磨岁月的时刻，这类人可是多少个村庄也未见得摊上一个的稀缺人才。大人饿，孩子也饿，大人孩子都需要听着"古经"画饼充饥。无非是三国、水浒、说唐、说岳、三侠五义之类，而不知怎么地，二贤庄如同黑夜中的闪电，击中了我童年那颗荒寒的心灵。识得一些字后，那时几乎所有儿童爱读的书都不让读，说是有这样那样的问题，《说唐》也名列其中。可是，又有什么能够阻止一个学童的好奇心呢。随后，"谝三"们"谝"过的书，也都陆续看了，而二贤庄成为我童年最为心仪的远方。

人的记忆是广阔而悠长的，同时，人却有着遗忘的秉性。有些遗忘是真的遗忘了，如同扔进大海中的一颗石子，再也捡不到了，即便侥幸重逢，也往往相逢不相识，而有些遗忘，只

二贤庄

不过是"玉在匣中求善价，钗在奁内待时飞"而已，潜伏的记忆不过是在等待一个切口，一声召唤。于是，半个月后，我如约再来长治。在西北的乡下扶贫十天，没有顾得上回家，乘坐

五个多小时高铁，到洛阳龙门站下车，三个小时的山路颠簸到长治，草草饭后，已是夕阳西下时分。晚上还有一场集体活动，我对主事者说，我不参加集体活动了，我要去二贤庄。主事者关切地说，"我派人派车陪你。"我说，"不麻烦了，我独自去。"上了出租车，我说去二贤庄。年轻的司机说，都这个时候了，恐怕啥都看不见了。我说没关系，看看啥也看不见的二贤庄也好。感觉是一路向东，司机的兴头很高，他说他刚参加完全市的车手比赛，拿了第二名。我这才感觉到他的车技确实非一般出租车司机可比。

半个小时后，来到一条马路边，司机指着马路对面一块高地说，"那就是二贤庄，你看嘛，就是没人了，看一眼，赶紧离开，天快要黑了。"我说，"好的。"果然，正如主事者所担心的，这里大卡车来往飞奔，也不知从哪里奔来，奔到哪里去。我只有小心穿过街道。顺着一条斜坡上去，一道铁条门关着，正想着进不去了，却见贴墙边留着一道一人宽窄的小铁门，敞开着。最后一抹夕阳已经散尽了，天地顿时恍惚了。悄无人声，只有大卡车时近时远的轰鸣声。挤进窄门，张眼一望，好大的一片园子。平日酷爱安静常常不得安静，此时，二贤庄安静得像一册隋唐古书，心下竟有些不安。其实，是源自心底的恐慌。因为什么恐慌，大约是因为太安静了。此时，哪怕随便出现一个人，好人、歹人、男女老少，都行的。我天生怕狗，这会儿要是有一条不怀好意的狗突然出现，我也会心有所安的。狗毕竟是与人关系最近的生灵。晚风渐趋密集，那些不知名的鸟儿，在树梢里叽叽喳喳，是互道晚安呢，还是传递有人侵入的警报呢。中间一条大路，将园子一分为二。路边行树，左边是国槐，右边也是国槐。路两边的园子里，左边园子里是牡丹，右边园子里也是牡丹。牡丹花丛里，间或有大熊猫模样的塑像伫立，大约是供孩子们赏玩的。远远地看见一片屋宇，透过依稀的夜幕，仍可认出三个字：二贤庄。心中的恐慌感就此消失了。沿着中间大道，在两边国槐的婆娑中，如同一册隋唐时代的古书缓缓打开。

　　人们都说童子功有多重要，是啊，书法、武术、学问、身体素质，包括饮食习惯等等，一个人终其一生都在童年的树荫下晃荡。其实，被人们忽视的可能还有世界观、人生观、历史观、是非观，如此等等的一些观念，只不过这些东西太过宏观，太过飘逸，不容易一一拧成因果链罢了。比如，对于以二贤庄为叙述现场，讲述的那些隋唐故事，传播的那些观念，已经成为积压在我心底破拆不开的硬核。多年以后，我修习历史专业，并把隋唐部分作为主攻方向许多年，知道在《说唐》中，在《隋唐演义》中，哪些人物及故事有历史依据，哪些则纯属虚构，以某种历史观分析，哪些人物的哪些行为是有助于历史进步的，哪些人物的哪些行为是起负面作用的，诸如此类的历史本事与史观，站在专业的立场上，我宁愿向专业让步或投降，但童年的某些认知，却是那样的亲切，那样的温暖，那样的顽固，任何修正或抛弃它的企图，实在是对自己幼小情怀的一种伤害和辜负。在这个像发黄的史册一般岑寂的黄昏，依稀仿佛间，我看见了单雄信对朋友的仗义忠心，看见了秦琼牵着那匹疲倦无力的黄骠马，万般无奈地走向二贤庄，那样无助，那样羞臊，那种英雄落魄的情景，让我在人生的几十年间，哪怕自己做不了英雄，哪怕自己已经落魄到无马可卖，但总有一种以一己之力让英雄脱困的情怀在血液中燃烧。

是的，二贤庄门前的大槐树还在，只是由原来的一棵变身为三棵。石碑上的文字说得明白，距今六十几年前，有关方面因为要用木材，将那棵一页页翻过隋唐五代两宋辽金元明清民国的史册一般的古槐树砍伐了，让人倍感唏嘘然后又浩叹连连的是，在被砍伐的古槐的原地上，居然孽生出三棵国槐幼枝，经过几十年风摧雨拍后，如今都已长成大树。三棵槐树呈"品"字形，树身一律外撇，树冠一齐内倾，形如屋宇，要是给三棵树身攀上绳子，覆盖毡片茅草，一定会是一间足以让困顿者暂

二贤庄塑像

时获得安全和温暖的房子。当下，秦琼的那匹黄骠马便以雕塑的姿态，傲立于三棵槐树的正中间。人活着，谁都会有万般无奈的时候，英雄如秦琼，在隋唐交替，英雄如雨后春笋蓬蓬勃勃往外冒的时代，他不仅是平凡人心中的英雄，亦是英雄眼中的英雄，他都有虎落平阳的时候，何况我等芸芸众生！其实，人们渴望侠义，大约是因为内心的不安全感所驱使，人们敬慕英雄，一定是因为，在这个世界上，不平的路常有而英雄不常有罢了。

　　挂着门匾的二贤庄大门紧锁，不知里面有什么物事，而此时，屋子里却传来一声闷响。依照旧小说的说话方式：我吃了一吓。无来由地一声响，无来由地又断了声响。园子里更加安静，鸿蒙未辟般安静。夜幕如黑色的幕布，快要将二贤庄全数遮蔽了，好在城区的灯光，不时在二贤庄的上空流荡，空荡荡的园子里竟有些阴阳交错气象。如同这一声无来由的闷响，遥远的嘶吼声劈空而来。"喝喊一声绑帐外，不由得豪杰泪下来。小唐儿被某把胆吓坏，马踏五营谁敢来。敬德擒某某不怪，某可恼瓦岗寨众英才。想当年一个一个受过某的恩和爱，到今背信该不该？"这些嘶吼声来自我儿时的父辈们，语词出自秦腔《斩单童》。单童就是单雄信，二贤庄的主人，隋唐交替之际，天下大乱，三十六道烟尘，七十二路诸侯，天下乱纷纷，英雄各逞能。在眼看天下要归大唐时分，单雄信却站错了队，成为敌方，且兵败被俘，而当年受过他无数的恩和爱的弟兄，如今一个个都是新朝新贵。单雄信被绑在柱子上，马上要开刀问斩了，送他上路的正是他的那些当年弟兄，如今的新贵。单雄信心中有无尽的悲愤，也许还有英雄的不甘，好在，这些弟兄还给了他最后说话的权利，还允许他骂人，允许他骂这些新贵弟兄，尤其允许骂那位权倾天下的少年英雄秦王殿下，单雄信口中的小唐儿。他骂李世民，骂尉迟敬德，骂徐茂公，骂罗成，骂程咬金，也骂了不在场的秦琼，他所骂的人，后来大多都跻身凌烟阁二十四功臣之列，一张张个人画像挂在墙上，成为一个时代的至高荣耀。人一旦被绘图悬挂，那几乎就是神祇的待遇了，讨巧的是，他是当朝官家的罪人，却与监斩他的当朝新贵，在民间，同样获得了神一样的待遇。官民之间的是非观念有时候就是这样吊诡，水火不容，又水乳交融。

单雄信的这一骂，骂出了千古英雄的悲愤，骂出了一折秦腔名剧《斩单童》。当然，别的剧种也有这出戏，这出戏还有别的名字，比如《锁五龙》。在我小的时候，老书大多是不能看的，老戏则全部不能上演。我们那块地方，最为流行的剧种是秦腔，一台秦腔几乎是每个男人的半条命。我们那块的人把传统秦腔都说成是老戏。不让上演老戏，只是不让公开上演，谁也没有那么大的能耐，可以有效地管住遍地的嘴。那些一字不识的农人，大多都是熟记几折戏文的，在某一个荒寒的山头上，或在某一个深夜，猛可间会爆出一串唱腔。唱秦腔被戏称为吼秦腔，一嗓子吼出，真个是山河崩摧，神鬼暗惊。在那个一切都短缺，时时刻刻都在挣扎的岁月里，男人们最爱吼的秦腔戏文，便是《斩单童》。后来，我懂得了，这出秦腔折子戏是花脸唱腔，而且唱工并作，对演员的功力极具挑战性。秦腔本来便是黄土地上的呐喊，这出戏更是呐喊声中的歌哭。人们

在悲愤绝望之时，吼几嗓子《斩单童》，自己便像那迟暮英雄
一样，吼一吼，喊一喊，无非发泄缓解一下情绪而已。"落日
青山远，浮云白昼昏。衣冠一时盛，肝胆几人存。"单雄信的
浩叹，何尝不是千古之叹。

　　该离开了，真的该离开了，夜幕覆盖了整个二贤庄。真的
要离开时，心下又觉某些不甘。按照园内宣传牌上的导游图，
我沿着围墙走了一遍。哦，这边是湛上村，这边是暴马村，这
边是蒋村，三村合为二贤庄，另一边则是华灯煊赫的城区。二
贤，就是单雄忠、单雄信兄弟，他们仗义疏财，他们扶危济困，
他们除暴安良，他们是老百姓心中的贤达，他们居住的这片城
边高岗，被老百姓称之为二贤庄。从隋唐到现在，插在长治城
头的旗帜变换了无数次，而二贤庄的名字却从未变易过。那一
片高地，当年是潞州府城边的一片高地，如今也是长治城边的
一片高地，隋唐英雄故事之所以在民间流传千年，至今不衰，
二贤庄一定是被老百姓视为心中的高地的，至少是我年少时心
中的一片高地。这次实地夜访，我更加确信，这片高地真实地
存在于我的心中。

杨黎光

　　高级记者，一级作家，享受国务院特殊津贴专家，现为中国报告文学学会副会长，广东省作家协会副主席。

　　出版有《杨黎光文集》（十三卷）。代表作有长篇报告文学《大国商帮——承载近代中国转型之重的粤商群体》（获广东省精神文明建设"五个一工程奖"）、《横琴》《没有家园的灵魂》《打捞失落的岁月》《惊天铁案》等。长篇小说《园青坊老宅》入围第七届"茅盾文学奖"。

　　曾获第一、二、三届"鲁迅文学奖"；第一、二、三届"中国报告文学'正泰杯'大奖"；第一、四届"徐迟报告文学奖"；"新中国六十年优秀中短篇报告文学奖"；"中国改革开放优秀报告文学奖"；首届"冰心散文奖"。

那一山一山的绿哦！

——建国七十周年前夕登太行

杨黎光

2019 年 6 月，跟随"中国作家看长治采风团"，行走山西太行。时间已经过去两个月了，至今满眼仍是那一山一山的绿。

长治，古称上党，得名于明嘉靖八年，取"长治久安"之意。但长治的历史比这更悠久，公元前 348 年（周显王二十一年）韩国就在此处置上党郡，至今已经有 2300 多年，市区内仍留存有古上党郡署大门——上党门。

巍巍太行八百里，被称为"天下之脊"，太行一山分隔了华北平原和黄土高原，长治就地处黄土高原的东南，周边群山环绕，市域主要由长治盆地及其周边山区两种地貌单元组成。长治市辖 8 个县，市域总面积 13955 平方千米，其中平川只占 15% 左右，丘陵和山地占到 85%。从全市整体地貌看，可以说

峡谷韵色 李仲勋摄

是山峦起伏、地形复杂，而且长治的地质条件分为松散岩类、变质岩类、碎屑岩类和碳酸盐岩类，这样的地质地貌，是不适宜树林的生长和繁盛的。所以，巍巍太行，给人印象最深的是石，而不是树。

一千多年前，唐代诗人白居易，登上太行山，对眼前这片千尺绝壁的奇异景观，发出了这样的感慨：天冷日不光，太行峰苍莽。尝闻此中险，今我方独往。

可长治却在 2013 年 9 月，获得了"国家森林城市"的光荣称号。国家森林城市，是指城市生态系统以森林植被为主体，城市生态建设实现了城乡一体化的发展，其各项建设达到了国家林业局和全国绿化委员会制定的指标，并经过严格评选，由国家林业主管部门批准授牌的城市。至今，好像整个山西省只有两个城市获此殊荣。

长治的"国家森林城市"，是在干石山上一镐一镐，一苗一苗，在石头缝里栽出来的。当我们采风团到达长治的壶关县，登上十里岭山头，那峦峰起伏的一山又一山的绿哦，不仅仅是让我们心旷神怡，更是不由得充满了敬意。向长治致敬！向那些几十年坚持不懈的壶关植树人敬礼！

壶关县，长治隶属的 8 县之一，因地形而得名。古壶关口山形似壶，因在此置关，故名壶关。坐落在太行之巅的壶关，以百里太行天堑为城，十里壶口为关，被一座座陡峰险关，裹挟在崇山的深处。境内地势东高西低，地质类型以奥陶纪石灰岩为主，是典型的干石山区。干石山，即全是石头而缺水的山，因而被称为"干壶"。这里的地表不蓄水，旱涝灾害频发，过去壶关光山秃岭，全县森林覆盖率只有约5%，别说植树，甚至严重制约了农作物的生长。吃饱饭，都曾是壶关人最大的念想。

如今，壶关人绿化了105万亩荒山，森林覆盖率从5%左右增加到52.6%，完全改变了壶关的生态，才有今天这一山一山的绿。

建国70周年，壶关人坚持不懈地种了40年的树，这是一场持续不断的接力，是一代一代壶关人汗水的凝结，硬是在一个石头山区，创造了百万亩绿海的奇迹。

这太行山上的绿海来之不易。

当年的壶关又是一番怎样的情景呢？壶关县委的领导向我们介绍说，新中国成立后，政府就一直在重视植树造林，前30年，壶关种植了47万亩的树，可实际成活的只有2.86万亩，当时，人们编了个顺口溜，"一年长个大头针，三年长个火柴梗，五年长个筷子棍。"可见干石山种树是多么的不容易。由于森林覆盖率低，大旱频频，当地人吃水都是问题。新中国成立后，政府为了解决水旱问题，修建了17座寿命50年的水库，却因植被少水土流失严重，有一半水库不到20年就报废了。20世纪70年代干旱严重的那几年，政府动用了300多辆送水车往返壶关，以保证民生。

没树、缺水，一山一山的石头，形成穷山恶水。破题的关键，就是种树。对于这一点，当时的壶关县委有着切肤之痛。

1979年壶关县委出台了《关于大力发展林牧业生产的决定》。40年来，历经11任县委书记的接力，才有了壶关绿化的今天。

当时的最大难题就是干石山上树怎么栽？应该种在哪里？如何保证成活？

于是，当年县里搞了一个乡镇"比武"，绝大部分村的种树成活率在40%，可有一个村的种树成活率竟高达80%。这一比，比出了个"农民土专家"——王五全。这位后来被评为全国劳模的壶关农民，通过不断试错，摸索出了一整套在干石山上种树的好办法。概括起来，简单的三句话："阳坡育苗阳坡栽，阴坡育苗阴坡栽，就地育苗就地栽"。

王五全，1938年生，壶关县盖家川村人。出身贫寒之家，忠厚质朴，文化程度并不高。曾任盖家川村生产队副队长。1970年自告奋勇担任村林业队队长，经过十余年苦心探索，1978年创造出油松"一季育苗，三季移接"的新技术。他长期在石头山上摸索，总结出成套的油松常年移植造林技术，攻克了干石山特别是阳坡造林不易成活的千古难题，成活率高达85%以上，被林业部专家誉为绿化奇迹。

专家们没攻下的植树难题，壶关的农民攻下来了，王五全确是一个奇人。该技术推广后，产生了巨大的经济效益和社会效益。中国农业电影制片厂曾以此为素材，拍摄了《干石山上栽种油松》的科教片，在全国推广王五全的植树经验。

当地做过一个统计：从1981年到20世纪末，近20年的时间里，王五全运用这一技术，带领村民绿化荒山6000多亩，其中他亲手绿化1200余亩，累计植树70多万余株，徒步行程2000余千米，跋涉20多个乡镇200多个村庄，传授技术1万余人次，同时还为16个省介绍了绿化的经验。

1982 年，壶关县委、县政府授予王五全"造林功臣"光荣称号。1986 年和 1989 年，中央绿化委员会和国务院分别授予他"全国绿化劳动模范""全国劳动模范"的光荣称号。1989 年，被全国总工会授予全国五一劳动奖章。

王五全不仅仅是壶关的功臣，而且是全国植树造林的功臣。

1999 年王五全去世后，壶关人并没有忘记他，如今在壶关县县城神山公园里，人们为王五全竖了一尊汉白玉的雕塑。基座上书写着"全国造林绿化模范——王五全"，雕塑的四周栽着大油松，那是王五全生前的最爱。树立这尊雕塑就是希望人们不要忘记王五全为壶关的林业建设作出的贡献，让艰苦奋斗、不畏艰难的王五全精神代代相传。

王五全穷尽一生，才带领着村民种了 6000 多亩的树，而壶关如今可是百万林海啊，这是一代一代壶关人，一直没有停下植树造林绿化荒山脚步的结果。

如今 70 多岁的平书忠，是王五全生前带出的诸多徒弟中的一位。太行山的烈日和山风吹出皮肤黝黑满脸沟壑的平书忠，他曾经骄傲地说："我跟着王五全种了一辈子的树。壶关各个乡镇都有我们种下的树，后来他走了，我就带着人继续种，一直种下去。"

这位质朴的山民，多年来只有一个朴素的愿望，就是希望像王五全那样，通过种树能得到政府和乡亲们的认可，因而多年来他除了在家种地，就是上山义务种树。

在平书忠的家里放着一块匾额，这是 20 世纪 90 年代壶关县给他颁发的"造林功臣"称号，还有 3000 元奖金。对于当

虹霓 牛海燕摄

年收入很低的农民平书忠来说，这是一笔不小的钱。可平书忠却干了一件人们想不到的事：他用这笔钱全买了树苗，领着村里人又上山种树去了！

植树，造林，世世代代种下去，已是壶关人的共识，并写进了乡规民约里。古稀之年的平书忠，现如今每天仍然在山上。那一棵一棵的油松，是他当年亲手栽种的。他那老茧厚硬的手掌，满是岁月的刻痕，站在岭头上一眼望去，那一座一座的山，都是他种的树。过去20多年里，他参与绿化了近3000亩的荒山。

平书忠还种了一片经济林，现在种树已经不完全是义务的，植树造林，已经给他带来了实在的收益。

在壶关，像王五全、平书忠这样的功臣，还有很多，否则没有百万亩绿海和保护这绿海的奇迹。

人们在壶关十里岭上修建了一个瞭望塔，60岁的向胜有、62岁的杨国庆老哥俩，在这里守护着这片山林。他们可以说是壶关第三代植树人，如今转为护林员，守护着四十年植树的成果。山上风大日烈，冬天滴水成冰，条件艰苦，老哥俩也没怨言，每天巡山加起来十几里路，"一年走坏5双鞋"，向胜有说他一点都不觉得苦，"这一山一山的树，都是我们看着长起来的啊！"

现在，走在壶关境内，随处可见"护林防火"的旗帜，无论是扛着锄头种地的农民，还是村里开会的干部，许多都佩戴着"护林防火"的红袖章。不仅如此，壶关人还创造了一项"世界纪录"——壶关人骄傲地称它为"天下第一墙"，因为这一道绵延近5000里的白色护林防火墙，创造了一项吉尼斯世界纪录，并且获得了证书。它是壶关人"挖起石头栽树，垒起石墙护林"的成果，它不仅能防火防盗防畜害，还能保水保土保生态，是人们用了20年以石头垒成的，如今成为改善生态环境的独特景观。

栽树、护林，这是一场壶关人的绿色接力，他们还将继续走下去。

在长治，壶关人被称为"壶关疙瘩"，意思是有一种不服输、有韧劲的精神。这些人活跃在石头山上，默默执着地奉献自己的汗水和年华。寸草难生的干石山上种出鲜活的绿色，靠的就是壶关人不服输的拼劲儿，是40年全民接力护林的韧劲儿。

那天，我们站在壶关十里岭上，一片一片的油松。身处这太行山的高处，我又想起白居易的诗句：天冷日不光，太行峰苍莽。可现在的眼前却是：江山如画卷，满眼皆绿色。

如今山绿了，他们却老了。

老了，还在山上。

第三章

长治人文

刘华

　　江西省作协主席、文联原主席。代表作品有小说《老爱临窗看风景的猫》、电视散文《井冈杜鹃红》及《青花》、散文《让我们来想象一对老虎》、诗歌《我拾到一双眼睛》、评论集《有了生命的豹还需要什么》。

咽喉有神艺有灵

刘华

长治，居太行之巅，地势最高，与天为党，古称上党，它是华夏文明的重要发祥地之一。无疑，它也是非物质文化遗产繁茂生长的沃土。果不其然，抵达长治的第一个夜晚，我就在"长治市非物质文化遗产传统戏曲（文化和旅游部试点）驻场演出"的舞台上，领略了它的异彩纷呈、神韵飞扬，领略了它的摄人心魄、荡气回肠。

我被台上的乐声深深打动。乐声来自锣鼓镲梆共舞、笙箫笛管齐奏、激情奔放且热闹非凡的上党乐户，来自由一群盲艺人持多种乐器自行伴奏、说唱相间表演、平易亲切又妙趣横生的襄垣鼓书，来自方言演唱、器乐配合、声情并茂而余音绕梁的长子鼓书，来自乡音浓郁、曲调悠扬的沁州三弦书……因为民间艺人富有魅力的自信和热情，我感觉现场的一切乐声，他们的伴奏、说唱乃至吆喝呐喊，好像都能通过观众的感觉器官，进入人的身体，以激励人调动身体的一切能量，去爱或者去恨，去笑或者去吼。

有一位鼓师曾这样对我诠释表演的艺术：鼓声能向鼓师证明来自自己的力量，足以保护自己的力量，因为鼓声来自身上绷紧的肌肉，为的是护住身体，所以，当鼓师全身心投入时，鼓槌立即变成身体的一部分，节奏变成倾诉自己的一种语言，所有痛苦和快乐都随着鼓声起落而释放出来。鼓师自己打动了自己。

我想，任何激动人心的器乐、声乐何尝不是如此呢？只有打动了自己，才能感染别人。长治"非遗"舞台上那种感染人的力量似有灵佑，如得神助。

果不其然，上党乐户壶关班社真的供奉着一尊奇特的行业神，曰：咽喉神。

上党乐户是有着上千年历史的原生态乐种，是民间礼乐的活化石，而在壶关县，乐户经过历朝历代的发展演变，形成了以牛、刘、曹、李、高、郭、宋、王八家为首的八大班社。

正月 王新普摄

七十多岁的国家级代表性传承人牛其云，是当地少有的兼乐户
与主礼于一身的艺人，在晋东南一带负有盛名，他告诉我，昨
晚表演时嘴耍大牙带吹口咪、鼻吹两杆唢呐的演员是他弟弟。
牛其云师傅虽因身体原因不便再登台，却为上党乐户的传承留
下了多部著述。我正是从他介绍上党民俗礼仪的文字里读到咽
喉祠的。

上党地区的咽喉祠从前每年举办庙祭活动。世事沧桑，壶关八大班社的咽喉祠已是形迹难觅，而以业缘且以姻亲结缘的八大班社，于腊八节祭祀咽喉神的习俗仍延续至今，咽喉神是他们共同顶礼膜拜的行业神。咽喉神像曾经由八家轮流供奉，相传此俗始于战国，而且，乐户人家还设神位举行户祭。神像为镀金泥塑像，抗日战争爆发时，为确保神像安全，李家将其埋入屋中地下，战后取出便一直供奉在李家；民国五年（1916年）木刻《咽喉祠》匾额则珍藏在刘家；而牛家传说，隋末唐初乐户兴盛之际，唐太宗李世民乡巡，恰逢乐户们在腊八节举行敬奉咽喉神仪式，欣然为牛府班社赐联一副："咽喉祠金鼓响亮，震雪山大显神通。"

民间礼敬的人神仙鬼众多而庞杂，天地君亲师，儒释道巫，甚至山精水怪、树魅狐妖都可以成为奉祀对象。至于随着社会分工和行业的发生、发展以及行业观的确立而出现的行业神崇拜，则是"三百六十行，无祖不立"，大量行业把它们各自认定的祖师奉为神明，举行有组织的祭祀行业神祇活动。行业神崇拜反映了行业群体的精神诉求和情感寄托，因而，行业神被行业弟子视为凝聚行业内部组织、加强行业内部管理、树立行业规范的重要象征，它反映了中国传统社会业缘关系的维系纽带和核心观念。同样如此，民间艺人对唐明皇、清源妙道真君等戏神的崇拜，反映了后代对前人创造性劳动的极大尊重，建庙以祭祀，既是尊师敬祖、知恩图报的道德教化形式，也是民间艺术薪火相传的某种制度保证。

包括戏神在内的行业神，多为祖师。咽喉神祭祀的奇特之处便在于此，那是乐户艺人创造出来的直指自己身体器官的保护神，也许，他们索性把表演时最重要、最传神的身体器官供奉为灵神，并赋予其威风凛凛的形象？像许多的民间探访无从考证一样，我不得其解。

那位咽喉神的塑像是青脸虬髯，身着盔甲，左脚着地，右脚盘起，左手叉腰，右手挂锤，像是民间信奉的任何一位忠肝义胆的将军。人称"乐户家敬有好老爷，时时护佑着他们"，然而，我相信，他的神能不仅仅在于守护艺人的咽喉健康，不仅仅在于守护业界的薪火，比如，一年一度的腊八节祭祀期间乐户艺人要举行香会赛，所谓香会赛实属年终学业技艺的展演、交流和评比，并总结行规行风，"误者缺卯"，要按行规处罚。我想，他最重要的神能也许是激励着艺人们勤学苦练，精益求精，勇攀艺术高峰。所以，上党乐户才有了能鼻吹两杆唢呐、口叼六个大牙的"耍牙大王"牛全科，才有了吹奏技艺娴熟并掌握耍牙、鼻吹绝活的"上党唢呐王"刘长有，才有了擂老鼓技艺精湛、雄浑有力、表现到高潮时鼓腾、锣舞、镲飞的鼓手刘铁长，才有了"全把式""第一锣"等种种美誉和令人欣慰的一代代传承人……

遍访多才多艺的长治，我恍然大悟，咽喉神其实是民间艺人普遍崇尚的艺术真谛。

它是业精于勤的信念。在襄垣县的"非遗"体验馆里，我又遇到他们——在舞台上表演《反菜园》的那些盲艺人。襄垣鼓书是以唱为主的民间鼓书形式，通常为多人合作表演，其中作为掌板的鼓师手脚并用，一人可操作平板鼓、卦板、木鱼、脚梆、小锣、小镲、镗锣、脚打大锣等全套击乐，其他说唱者分行当表演，也是个个身怀绝技。想来，在黑黢黢的世界里，他们更需要某些特异的生存能力，比如记忆力。然而，一旦唱起世间冷暖，他们却是豁达得很，那乐观里甚至不无浪漫，他们仿佛高擎着一盏盏心灯为观众照明。不由地，我联想到一段历史。在抗日战争中，由盲艺人组成的盲人爱国宣传队，足迹踏遍太行、太岳根据地，用襄垣鼓书的形式宣传党的抗日主张，传达保家卫国的民族情怀，他们自编自唱的曲目多达几百小段。武乡县也有一支盲人曲艺宣传队，他们将武乡琴改制为八角琴，他们的表演深受抗日军民欢迎，于是，八角琴被命名为"八路琴"。由襄垣秧歌艺人组成的襄垣抗日农村剧团，同样活跃在抗日根据地，曾演出过《李有才板话》《小二黑结婚》《白毛女》等剧。在长治，这类例子不胜枚举。艺人们正是在投身民族解放的伟大斗争中，实现了各种民间艺术的巨大进步。

它是戏比天大的理念。从艺四十多年的长子县钢板书艺人李云飞，在年轻时走四方赶场子，为了满足老百姓的愿望，她竟一天喝八个生鸡蛋，以便润嗓、下火；长子鼓书的传承人刘引红，被誉为"长治好声音"，她的嗓音如清泉滋润人心，扮演人物分寸准确、恰到好处，演唱时能很好地把握"贯口"的流畅和收放，把儿化音演绎得精巧灵活、运用自如。我以为，一把琴一副板一面鼓，一张嘴就能赢得满堂彩，除了技艺，还在于节目内容紧贴现实生活，能够走进老百姓内心。她表演的《山西面食》余音绕梁，令我回味不尽："山西美味儿多，面食一串串儿，一面百样儿做，样样是招牌儿。"

　　它是兼容并蓄的胸怀。我注意到，长治各种民间艺术的传承发展，都有推陈出新、学习借鉴的经历。比如，武乡鼓书到了第七代传承人常惠斌手上，在保持传统说唱的基础上，大量吸收晋剧、山西民歌、武乡秧歌小调等音乐特色，并拟仿京津鼓曲与山东快书的表演技法，把曲艺和戏曲融为一体，出口成章，曲调多变，因而深受观众喜欢；缘起于鼓儿词的长子鼓书，在演变中吸收了潞安大鼓、长子道情、上党梆子等音乐曲牌，逐步发展成为板式齐全、风味浓厚、激情昂扬、伸缩性强的地方曲种；来自田间地头的上党落子历史虽短，然它不断从上党梆子、蒲剧甚至豫剧等姐妹剧种中汲取营养，从而形成自身多姿多彩慷慨豪迈的独特风格。

　　它是薪传不息的情怀。与上党乐户有着血脉渊源的上党八音会，也是古老的传统音乐，八音会的"老把式"崔青云坚信，好东西是不会被淘汰的，为此，他成立民间乐团，培养儿子、侄女传承艺术，并积极寻找传统音乐和现代生活的结合点；尽管个个怀有传承发展的深刻隐忧，然而，因为众多艺人的坚守，长治的民间艺术仍然活态存在着，常年全天候免费对外开放的襄垣"非遗"体验馆，就是证明其活态的窗口。

　　我感动于那些来自民间、尊崇自己为神的艺术。因为它们，我的长治之行恍若一次精神还乡。

李晓东

　　1974年生，山西武乡人，文学博士，副编审，中国作家协会会员。现任中国作家协会《小说选刊》杂志社副主编，曾任上海市委宣传部舆情处调研员、副处长，中央巡视组巡视专员，中国作协办公厅秘书处处长，甘肃省天水市委常委、副市长（挂职）。研究方向为明清白话小说、中国现代戏剧、新时期文学，散文创作有"天风水雅——天水散文系列""乡土·矿山系列"等。

故乡的吃食

李晓东

　　我小时候，虽然吃饱肚子早已不是问题，但饭食的确非常简单。吃肉自然不敢想，由于一年到头吃不上肉，吾乡不少人"不吃肉"，不喜食肉，甚至不能闻肉味。我家亲戚中即有好几人。到上海后，讲给他人听，均不相信。匮乏，有时并不能催生欲望和需求，彻底的匮乏，往往会熄灭需求的本性，甚至催生厌恶。我第一次吃鱼，是到西北师范大学读研究生，且谈了女朋友之后。在此之前虽然食材没有鸡鸭鱼肉，但同样可以创造出美食，而且至今犹是自己的最爱。"看得见山，望得见水，记得住乡愁"，其实，正如中国作协副主席李敬泽所说，"故乡在胃里"，幼年家乡的饭食，是最深处的乡愁。

蒸面羊　姚林摄

饭场

我们那里，把白面叫"好面"，意思是可口、好吃的面粉，似乎比玉米面、高粱面、豆面等明显高一个档次。小麦产量低，化肥上得少，一亩只打二三百斤。秋粮作物的产量，就明显高许多。吃饱才是硬道理，好面再好，也不敢任性而种，否则便要饿肚子。物以稀为贵，吃好面，是奢侈而让人羡慕的事。"净好面"，就是纯粹用白面做面条或馒头，只有招待贵客或者过年才能吃到。平时多吃杂拌面，把白面和玉米面、高粱面、豆面两两混合起来吃。好面仿佛这"复方食谱"中的"君"，在它的调和提振下，的确可口了许多。但即使杂面面条，也不能敞开了吃。一般第一碗吃"干的"，挑一碗面条，没有菜，放上盐、醋，讲究点的，会放些辣椒、韭菜，就一瓣蒜。大口大口地把面条吸溜下肚去。之后，便以喝汤为主了。当然，并非一碗一碗地喝清汤寡水的面汤，而是混合了小米、南瓜、土豆、豆角，还有少量面条的糊汤。贾平凹小说、散文中无数次提及的洋芋糊汤，大约与此差不多。

中饭是一天的正餐，因为上午下午都要到地里劳动，早餐和晚餐就没面条可吃了，哪怕只一碗杂面条。早晨，在我老家叫"地饭"，一直觉得很土，后来看明代小说《醒世姻缘传》，发现明代人就是这样叫的。数百载时光空过，不知幸运还是不幸。不过，生活方式的确与明代没太大差别。农民早晨下地干活，地离家往往较远，来回太花时间，家里人便把早饭送到地头，因此，早晨便要吃"地饭"。早饭一般吃"疙瘩"，把玉米面和得稍硬，捏成约十厘米长、三四厘米宽、半厘米厚的面饼，下锅煮熟。玉米面黏性差，一煮，水便浑黄了。连汤带疙瘩盛一大碗，一口疙瘩一口汤，既充饥又解渴，一上午面朝黄土背朝天的受苦活，就打下了坚实基础。

　　没有饭是饭，菜是菜，碗碗碟碟的排场，每人只端一只大碗，行动便非常方便。附近的几家就自然形成了"饭场"。只要不是刮风下雨或天气太冷，以及冬天天黑得早，端了饭就聚集到一个相对固定的地方，边吃边聊。一碗吃完，回家盛了，再返回来。俗语说，"民以食为天"，其中含义，并非仅仅说人不吃饭就活不下去。那是另一句更直白的话，"人是铁！饭是钢！一顿不吃，饿得慌！"天之大者，在于道。因此，民以食为天，更深层的含义是，食物不仅可以充饥，满足人的自然属性，而且在人的社会属性构建中，发挥着必不可少的重要作用。农村的"饭场"，虽然各吃各的，但依然是一种形式的聚餐。交际交流，是这种场景的核心功能，以吃饭为平台，为媒介，将大家聚集在一起。在食物并不丰富的年代，忍受着大快朵颐的诱惑，一起边吃边聊，社会需求和身体需求达到了统一，身体需求也为此做出了让步。家长里短、消息议论、抬杠笑话，甚至恩怨情仇，便在饭场里结了或者解了。

　　我家和二叔、三叔家住在一个院子里，哪家做了好饭，比如刀削面、拉面、饺子、包子、馒头等等，都要给另两家送一碗。有时，还会给其他院子的邻居送。用现在的术语说，叫分享，透着亲近和温暖。送了，在饭场里吃才心安理得，才能略显出吃好饭的满足甚至得意。否则，便是关着门"偷吃"了。关于偷吃的笑话，自古及今，民间流传得可不少哇！

村里哪家娶了媳妇，本家和邻居要叫新媳妇吃饭。一家家吃下来，有时要大半个月。好饭毕竟难得，请新媳妇，便只请她一人，丈夫和夫家其他人都不跟来。到还陌生的村子的陌生人家吃饭，难免拘束，但一顿饭吃下来，就熟悉了。远亲不如近邻，吃大半个月，主要的，可能伴随一生的社会关系，便建立起来了。

村小学新来了老师，也要一家家吃饭，无论家里有没有孩子上学。对孤独离家在外工作的老师的热情，对知识和教育的尊重，甚至对老师的"考察"，都在这一顿饭中完成，然后，可以在饭场上交流。

"吃派饭"，一直被视为我党深入生活，扎根人民的优良作风。其实，派饭，并不简单。乡里干部到村，作风再好，也不愿到家里邋遢、饭食不好的人家去。所以，一个村常有比较精干的几家，常作为派饭的定点。熟悉了，乡干部就主动说，我到谁谁家吃派饭。

派饭分两步，前一天，村干部会先来打个招呼，也是征求意见，看是否方便。快到饭点时，带吃派饭的干部来家。我小时候，粮食还不富裕，常是两顿饭，给派饭干部吃好的，比如纯白面的面条，自己吃差一点的。但孩子们可以借机沾点光。所以，到谁家吃派饭，其实是乡干部、村干部和村里人对某家人家的正面评价。

过年的谚语民谣，除了说到贴春联、放鞭炮外，全在盼好吃的。拜年的物质载体，同样是吃，是在交换食物。吾乡风俗，到亲戚家拜年，拿十个馒头，大约代表十全十美吧。对方回四个。"四"，现在人们认为不吉利，老风俗却代表着双双对对，大为吉祥。至于端午、中秋，直接称作"送粽子""送月饼"，吃食和节日两位一体了。民以食为天，人们通过吃，为自己构建了一张生活的、人际关系的、社会组织的网。

和子饭

　　20世纪90年代，山西省长治市人民医院妇产科医生赵雪芳的事迹感动国人，还拍成了电视剧，主题歌中有两句"漳河水最长，和子饭最香"。和子饭，可以说是晋东南地区最有代表性的饭食了。它也构成了晚餐的主体。

　　麻将是不同花色、点数的牌按规则聚集在一起，才能和。和子饭也是，各种各样的东西煮在一起，混合成一锅，就成了。外行人看麻将，花花绿绿的一堆，内行却打得津津有味。想熬出一锅"最香"的和子饭，也不大容易。要知道，这里的"香"远非通常字义的香，而是可口。中国画讲究仅用墨色而五彩全出，熬和子饭仅放一点盐，同样须浓淡相宜，怡口暖心。数十年不变而不厌，只数日不见而失魂。直到现在，我西奔东跑，早已成了标准的"杂食动物"，但一见到和子饭，便百味不知为一痴了。

　　水开之后，小米下锅，同时放盐。那时的农村，吃的还是大颗粒盐，买回家自己在盐罐子里碾小磨细，但仍是小粒粒，泛着黑蓝的光，很有些野性。但一下锅，就踪影难寻，无痕有味。北方无大米，小米即称为"米"，金黄色的米在波浪中舞蹈，也变得咸咸的。熬小米粥和和子饭，根本的分野就是放不放盐。

米熬了一段时间后，各路"神仙"便开始登场，西葫芦、土豆、红薯、南瓜、豆角等等，不分种类，俱可下锅，而各有风味，经熬制而浑然天成，于是和了。这些南瓜豆角们，有一个共同的名字，叫"煮扎"。大约三岁的时候，妈妈给盛饭，奶奶在旁边说"给他少舀点煮扎"。我一听，马上说"我要吃煮扎！"结果，盛给南瓜说，"是南瓜不是煮扎，"盛起土豆说，"是山药蛋不是煮扎，"任大人如何解释说这就是煮扎，根本不听，大哭不已。直到邻居哥哥拿了一个"南瓜蒂"，说这就是煮扎，

和子饭

才算罢休。后来看毛主席的哲学名著《矛盾论》，说谁也没见过"人"，即抽象的，一般意义上的人，见的都是具体的人。不禁哑然，咱很小时就违背了老人家的教导，竟然拼命哭着要找抽象的，即一般意义上的"煮扎"。

不同的煮扎，放进锅的时间略有差别。通常说，老的先放，嫩的后放，既保证煮得充分，又不会化掉。夏天，新的西葫芦可以吃了，绿绿的，嫩嫩的，绵绵的，入口即化。豆角也纤纤地从藤蔓上恋恋不舍地进了人们的饭碗。土豆却仍只能用去年的。到的新土豆出来时，西葫芦、豆角、南瓜又已老了。

最后下的，是面条。最适合和子饭的，是好面和豆面和起来擀的面条，因为豆面另有一种味道，更可和而不同也。切得细细长长，欢天喜地地拥抱、缠绕、载歌载舞等候多时的兄弟姐妹们。再用文火炖一会，纯而不淡，匀而不薄，黏而不滞，和而不同的和子饭便一锅了。不放油，甚至不放醋，没有任何人类再加工的原料，一生儿爱好是天然。盛上一碗，再依自己口味，调上醋、韭菜、辣椒，挑着面条，就着碗沿，热热地喝进肚去。夜风习习，一天星斗，除了神仙便是我。

抿蝌蚪

食物虽然单调，只有面食，但人们还是尽可能地改变花样。都说山西面食丰富多彩，但俱是改其形而不变其质，不一样的主要在形式而非内容。可就这外在的不同，却让口感千变万化，养育了五千载三晋文明，表里山河。

面食的成分，仿佛只有面粉，其实不然，还有一种同样不可缺少的物质，那就是水。做不同种类面食的前提，是和起面团的软硬度不同，即含水量有差异。因此，丰富的山西面食文化，是面和水共同缔造的。

《老子》有言，上善若水，水善利万物而不争，水塑面之形，面显水之质，和谐统一。吾乡缺水，人们却把水运用得出神入化。擀面条最硬，要擀成大而薄的面皮，折起来切开，才能成为又长又薄又有筋道的面条。一根又粗又长的擀面杖和一块大案板，是山西农村家里的第一标配。擀面杖短、案板小了，面皮擀不大，面条也就不能薄、长。擀面看似简单，实际功力都在暗处。不熟练的人，不仅面擀不好，还常常会被擀面杖压了手指。长长地挑上一大海碗，夏天还在凉井水里过一下，清、爽、利、滑，有菜没菜，都已吃下肚去。

比起擀面条，刀削面更是技术活。家家的女主人都会擀面条，会削面的，却并不多。因此，削面更稀罕，是更好的"好饭"。削面团的含水率比擀面条大。这样，才能利索地应刀而落。削面的刀很薄，略弯。削面时，右手拿刀背脊中间，左手托面团，大约与地面呈45度夹角，从刀顺面团的右侧快速削下，白泥鳅一般的削面段就在滚烫的波浪中时游时泳了。削面是好饭，擀面是家常饭，还有赖饭，其最典型的代表，便是抿蝌蚪。

现在城里的山西面馆里大多有，但有了更文雅的名字，抿尖。我总觉得这自以为"农转非"的雅号不如"抿蝌蚪"生动、活泼，甚至萌。高粱产量高，然而口感差，硬而粗，难以下咽，在五谷中被列入最下等。高粱面还有一个缺点，黏性差，所以不能擀面，更无法用来削面，最常见的就是做"红面抿蝌蚪"。

做这饭，最简单，人人都会。前提是有"抿床"。这是个专门器具，一块硬而厚的白铁皮上，一排一排钻了几十个三四毫米直径的小圆眼，镶在木框子里，架到开水的锅上。把高粱面团放到一头，用手掌用力向前推，一小截一小截的面段便探头探脑地从小洞里挤出来，落进锅中。面硬，抿得就慢，后面的还没下锅，前面的已熟了。时间一长，就化在锅里，面汤便很稠。在饭场上，问，啥饭？答，钉子。大家呵呵一笑，都有些无奈。

奇怪的是，随着时间的流逝，这曾被人不喜欢的抿蝌蚪，却成了最有标志性的老家饭，又发育出了好面抿蝌蚪、豆面抿蝌蚪、杂面抿蝌蚪等多种。在我老家的县城和集镇上，有不少专卖抿蝌蚪的小饭店，生意大多不错，有的还做出了品牌。无论在上海还是北京，看到一进山西面馆就点刀削面的人，常哑然暗笑，我则从来都是"抿尖"——虽然这名叫得不那么情愿。

浆水酸菜

吾乡缺水，蔬菜种植很少，真是"人吃五谷杂粮"，以粮为纲的。但村里人也常做"无米之炊"，千方百计弄些小菜，打打牙祭。常见的，是酸菜。甘肃天水有名吃"浆水面"，和岐山臊子面、兰州牛肉面并列西北名面。因在兰州读书三年，同学朋友中有不少天水人，我发现，无论在兰州，还是上海、北京，只要一说起浆水面，个个都露出由衷的笑意，成了麦积山的"东方微笑小沙弥"。在天水挂职工作两年，自己也成了个天水人，浆水面吃了不少，越吃越喜欢。《千家诗》开篇是宋代理学家程颐的"云淡风轻近午天，穿花拂柳过前川。时人不知余心乐，将谓偷闲学少年"，儒家的"乐"，并非简单指快乐，而是哲理与情绪、天理与人欲、规范与个性高度和谐统一后所感受到的自由境界，类似古希腊亚里士多德《诗学》中的"卡塔西斯"。一碗浆水面，连通了儒家佛家、东方西方。晋东南和陇东南，相距近千里，浆水的做法却一样的。

浆水，是发酵而成。在我老家，浆水的原料是面汤。在半大陶缸里（缸的大小很有讲究，太大，长时间吃不完，浆水就会坏；太小，容量不足，更替频繁，则发酵不足）倒入清淡的面汤。清水不能用，内不含淀粉，无发酵之因子；面汤也不能太稠，浆水以清爽为上，而且淀粉太多，发酵太过，容易变质。一般吃到还剩五分之一时，就会加入新的面汤。倒面汤，要非常小心，先沉淀，再沿着锅边缘，慢慢地让清汤流进缸里。到第二天，浆水表面浮起一个个细细的水泡，就标志着发酵成功了。如果水泡很大，还有一层白毛，那就是坏了，一缸浆水全部要扔掉，重新来过。

浆水里，要腌酸菜。酸菜的原料，以苦菜为上。苦菜，是吾乡最常见的野菜。山野里，田地里，到处都是，尤其喜欢长在庄稼地，为庄稼除草，一多半是拔苦菜。但人们并不以它多而苦恼，反而有收获之喜悦，因为苦菜太有用了。第一，它是猪、兔最喜爱的佳肴。苦菜贴着地面长，灰色的叶子约一厘米宽，窄而长。叶子里面有白色的汁液，像奶，我们认为一定很有营养。《苦菜花》是著名红色经典，感动、影响了几代人。但苦菜如果开花，就不能再吃了。叶子长得很大时，会从中间拔出一根茎，顶头开出黄色的小花。这标志着苦菜老了，喂猪还凑合，兔子都嫌老，人是更不吃。

第二，苦菜是"菜肴"的主力。可吃的野菜种类不少，各有风味。如灰灰菜绵绵的，很吸蒜、醋的味道；扫帚苗稍微发涩，有筋道，是野菜中高大上者；杨树、柳树的嫩叶子也可以吃。吃法都一样，在开水里稍稍过一下，凉拌。但最受欢迎的，还数苦菜。细长的叶子，甚至都不用再切，入口微苦，反更觉清爽。晋西北朔州、大同一带，苦菜牢牢占据第一小菜的"尊位"，乡下、城里人都喜欢吃。大街小巷，经常有"苦菜、苦菜"的叫卖声。吃法和我家乡不同，是剁碎了，捏成苦菜团子，仿佛南方的雪菜。

第三，就是腌酸菜的最佳原料。把苦菜洗净晾干（不能晒干），直接扔进浆水缸。过四五天，就变成酸菜了。生苦菜不能吃，腌制却能让它们"变熟"。用干净的筷子从浆水缸里夹出酸菜，不用放任何调料，直接就可以来下饭。如果用辣椒和香油炒一下，简直是无上美味。吾乡许多人，无论到哪里生活，沤浆水、腌酸菜的缸都不曾丢下，哪怕水缸都已不复存在。

浆水很酸，即使"缴枪不缴醋葫芦"的山西人，饭里放了浆水，就不会再放醋了。表层浆水可以直接喝，夏天防暑宁神，功效极佳。记得因出差第一次到北京，接待的同志安排我们到一家老北京风味的餐厅吃饭，上了豆汁。同来的上海同事自然避之唯恐不及，北京朋友也说喝不了。我却大喝两碗，众皆惊讶。其实我也是生平第一次喝豆汁，之所以如此娴熟，盖因其味酷似浆水也，他乡遇故知，两碗不过瘾哪！

炒萁子

对小时候美食之记忆，零食永远是第一位的，尽管当时像样的零食几乎没有。然而正如鲁迅忆百草园时，似乎确凿只有一些野草，但那时却是我的乐园。最简单，也最常见的，是"煮饼"。不是山西名吃闻喜煮饼，而是早饭煮"疙瘩"时，捏成圆圆的，像饼的形状，孩子们就觉得真的不是难吃的疙瘩，是可口的饼子了，可以高兴地吃下好几个。还有"南瓜把"，我大哭着要吃"煮扎"，就是一个南瓜把，才解决了问题。其做法，就是在和子饭里煮南瓜或西葫芦时，把靠近根部的一块连把一起煮。孩子们可以拿着把吃，不用筷子，便感觉不一样。所以，有时，形式比内容更重要，怎么吃，比吃什么重要。

孩子对零食非常敏感。一次，邻居大娘隔墙问在我家院子的饭场吃饭的儿子，还吃不吃。小哥哥回答"把不住！"吾乡方言，不一定的意思。我马上喊要吃"把不住"。有了吃煮扎的经验，大人边笑边想办法。拿给我一根煮玉米，说这就是"把不住"，才破涕为笑。

专门给孩子们做的零食，除炒豆子、爆米花之外，还有两种，干饼子、炒其子。干饼子的做法，有点像新疆烤馕。把面摊成极薄的片，在鏊子上焙干，然后再放进灶膛里烤。最后，干、薄、脆的饼子就放到孩子们的炕头了。由于不含水分，可以放好多天，常常半夜醒来，掰一块吃，喳喳喳，好像一只小老鼠。

做炒其子的工序就复杂多了。把小米面、玉米面、白面按比例和在一起，小米面最多，玉米面次之，白面最少。面团要干而软，切成食指形状、大小的一段一段。放在白土锅里炒。通常以为，黄土高原只有黄土，其实不然。就我熟悉的，还有两种。一是红土，我们那叫"烧土"，和煤一比二和起来，可以燃烧，节省要用钱买，来之不易的煤炭。二是白土，含碱性大，黏性差，但用途不少，炒其子，就是其中之一。

白土放进大铁锅，先自炒热。然后，把在案板上晾了一会的面段倒进白土里，不停地搅拌。初中上化学课时，知道了水浴加热，白土炒其子，原理也一律。在白土里，不仅受热均匀，而且不会粘连在一起。炒其子，不仅孩子们兴奋不已，如同过节，大人也态度和蔼了许多，仿佛是给孩子们送礼物一般。

酥、脆、香的炒其子从大铁锅里捞出来，还很烫，孩子们，以及大人们，便迫不及待地抓去吃。没人想到要去洗洗，最多吹吹表面的土，就先让牙齿享受了。土腥气，似乎就是炒其子本然的味道。人来自于土，吃点土又有什么呢？女儿一两岁时，给她啃磨牙棒，样子和炒其子非常像，看着她满嘴满腮的口水却咬不动，不禁忆起自己童年大唉炒其子的爽快。

素素

中国作家协会会员、辽宁省作家协会主席团成员、大连市作家协会主席、大连市文联副主席、大连日报高级编辑。散文集《独语东北》获"第三届鲁迅文学奖"。散文《佛眼》获"全国散文大赛"一等奖；个人获辽宁省优秀青年作家奖、大连市"金"终身文艺成就奖。现已出版《素素心羽》《独语东北》《佛眼》《欧洲细节》《张望天上那朵玫瑰》《永远的关外》《流光碎影》等多部文集。

醉在歌谣里

素素

　　朋友约我去长治。之前从未去过长治，只知道长治在山西。印象中的山西，有两大特色，一个是文物多，一个是面好吃。一个具有精神性，一个具有物质性，两个都在我喜欢之列。只是没想到，它们以这样的方式与我相晤。

　　下车伊始，长治就给我一顿下马威式的文化大餐，餐桌不是摆在香气扑鼻的饭店，而是放在市区中心的剧院，餐仪也不是让你坐下来吃，而是让你坐下来听。就是说，在物质的饭菜开席之前，先用非物质的形式饱你眼福。

　　原以为，可能正好赶上了一场某个外来团体的商演，坐下始知，这是一台由本市土著非遗传承人组成的展演。便暗自猜测，山西的历史那么厚重，长治的非遗也不会少，恐怕演到天亮也演不完。仔细一看，粉红色的节目单，只印了六个节目，肯定不用熬夜。再仔细一看,六个节目里,竟然三个和吃有关。立马回过味来,山西在农耕传统的中心,在太行黄河的表里,好吃的东西多,实属正常。

在台上或坐或站的传承人,大多是一些身怀绝技的老人,有的还是老年盲人。他们没有颜值,只有一脸的纯朴,一腔的真诚,一身的鲜艳。有意思的是,不论说的,还是唱的,不论拉琴的,还是打鼓的,不论是一个人的自弹自唱,还是一群人的此起彼伏,所有的说唱者都把嗓门扯到最高,所有的弹奏者都把乐器击至极响。本是一些滚瓜烂熟的词语和腔调,传承人跟着祖辈父辈应该从幼年一直说唱到现在,此前也不知演过多少场了,为什么至今还能在台上使出这么大的力气呢?是不是只有用这么大的力气,才能倾吐出他们的欢喜和满足?是不是只有用这么大的力气,才能释放出与欢喜满足掺杂着的苍凉和悲怆?这个场面,让我想起了与谭维维一起表演华阴老腔的那些陕西籍民间老艺人,山西和陕西都属于黄土高原,那么是不是觉得脚下的塬太高了,生怕别人看不着听不见,他们才要这么声嘶力竭地吼呢?

上党是长治的一个区。秦代三十六郡,上党郡是其中之一,后来改称潞安府,明代开始改叫长治,取长治久安之意。来自上党区的潞安大鼓《哦,砂锅》,唱的是盛饭家什。经大鼓艺人绘声绘形一说一唱,小小的砂锅就有了不一样的历史和烟火。

　　要问我今天为什么要唱砂锅

　　只因为这个砂锅几千年

　　一直是家里边的正经货

自从那女娲娘娘造出了人

一个个又要吃来又要喝

要吃要喝拿啥煮

调上水和上泥

调水和泥捏砂锅

砂锅外养活了多少男和女

砂锅里煮出了咱古老文明的大中国

……

砂锅是土做的，据说女娲抟土造人的神话也出自此地，所以鼓书艺人唱起砂锅，自带五千年的阳刚和底气。当然，鼓词里也承认，砂锅有可能打破，但是鼓词又说，即使破了又如何呢，它可以全身而退还原为土，它可以让这片土地浑厚如初。一只砂锅，唱尽生命的传奇和风流。

襄垣是个县。襄垣鼓书《反菜园》，唱的是自家园子种的菜谱。反，即说一说或介绍介绍的意思。坐在台上说鼓书的七位都是盲人，身穿布衣，目戴墨镜，虽然眼睛看不见菜园，却把蔬果青菜编成了一个"集团军"，给肚子任命为"总司令"。

韭菜要是双刃剑

小葱扛起枪一根

吓得黄瓜上了吊

茄子空中挽流星

四马投唐白萝卜

正殿将军羊角葱

辣椒奸臣造了反

芝麻立刻报上京

……

这是小家小户的日常喜乐，这是芸芸众生的基本诉求，菜和人都匍匐于乳母般的大地。一向以为太行山区干旱缺水，如今叫他们如数家珍地一唱，感觉铺天盖地都绿油油水灵灵的。一个拉琴的艺人唱到兴奋处，屁股一踮一踮地直蹦高，都坐不住板凳了，那种发乎原始的憨和萌，当即就打湿了我的眼窝。

长子也是个县。上古时代，尧帝把此地封给了自己的长子，故而得名。在长治，一个地名都可以叫得如此悠久，更何况其他？不过，长子鼓书唱的不是尧帝长子，而是《山西面食》。

面杖擀开是擀面儿

网眼儿挤出是饸饹儿

两头尖尖儿是剔尖儿

三棱棱成型刀拨面儿

筷子挑出小溜尖儿

礤床擦出小擦面儿

大拇指多灵巧

手心圪搓变戏法儿

圪塁出一个个猫耳朵儿

也有人叫它小捻窝儿

……

有一种说法，世界面食在中国，中国面食在山西。此说有可考的史实，的确已有两千年之久。就说面条吧，东汉叫煮饼，魏晋叫汤饼，南北朝叫水引，隋唐叫冷淘。我估摸着，一个朝代肯定不止一种叫法，只是举个例子浅浅地告诉你，山西是中国面条的直根，别处都是枝叶。比如，产自北方的兰州拉面，陕西臊子面，河南烩面，北京炸酱面，产自南方的担担面，鳝丝面，阳春面，虽各有所长，却非面条的正宗嫡系，而是旁派分支。为此，曾带着疑惑问长治朋友，山西人和陕西人都吃面条，做法上究竟有何不同？朋友说，山西人注重面的质地和形状，陕西人注重面的配方和佐料。一句话拨云见日，终于知道吃山西刀削面和小擦面的时候，为什么面的味道那么直接，那么香。

那一晚的未吃先听，至今记忆深刻。听过《山西面食》，等于给我接下来的吃扎了一针兴奋剂。翌日开始，只要上了饭桌，眼睛便盯着各种制法的面食，蒸的，烹的，煮的，一道接一道，浩浩荡荡，熙熙攘攘，在我眼前成系列地展开，我的态度就一个，敞开胃口，来者不拒。所幸没有几次桌餐，大多吃的是自助，但却更害煞人也，因为种类太多，样式极具诱惑，

山西面食

一不小心就取过了量，顿顿撑个肚儿圆。我也只好豁出去了，胖就胖吧，毕竟有一点最是心安，在长治吃的每一顿饭，都是非物质文化遗产。

在长治可以听歌谣，也可以看神话。因为这里是诸多中国上古神话诞生的现场，因为神话不只是口头流传，不只是编在书里，还可以去实地看实物。女娲补天，精卫填海，后羿射日，以往都是在《淮南子》《山海经》才可以读到的神话，如今在长治民间艺人的鼓书里就可以听见，在长治的城郊之间和乡野之上就可以看见，真真让我经受了一把时空大交错，古今大穿越。

据我所知，女娲墓在国内总共有五座，其中山西境内就有两座，而且历朝历代祀典女娲，都在山西洪洞县的赵城举行。赵城今属临汾，临汾与长治两市是近邻。其实，地理和行政上的市和县，都是后世的划分，到大禹主政的时候，天下也只是笼统地分为九州，从这个意义上说，潞安大鼓完全有理由把女娲写进自己的唱词。

关于女娲的神话，专家学者曾从另一个角度做了解释，认为河北白洋淀在地质上是一块巨大的碟形洼地，其与上古发生的一场陨石雨有关。正是那场灾难，造成了"四极废，九州裂，天不兼复，地不周载，火炼炎而不灭，水浩洋而不息"。这一片因陨石砸出洼地形成的大水，自晋北至冀中，甚至波及到了渤海湾，于是就有了站在太行山上炼石补天、抟土造人的女娲。也有专家推测，这场灾难一直漫患到大禹治水方止，为害长达一百多年。由此可知，某些史前事件虽以神话的形式流传，却有不可否定的事实依据。我也由此相信，女娲神话一定会在潞

安大鼓里久唱不衰，女娲庙也会在赵城香火不断。

进入长子县城之前，要经过一条笔直的长街，我发现街两侧路灯的柱头非常奇特，询后得知，这是请艺术家设计的精卫鸟衔木飞翔造型，顿时惊出了一个激灵。未等反应过来，车就进入一个大广场，广场中心便是精卫填海巨型雕塑，不再是一只抽象的精卫鸟，而是惟妙惟肖的炎帝小女儿女娃。《山海经·北山经》云："……发鸠之山，其上多柘木。有鸟焉，其状如乌，文首、白喙、赤足，名曰精卫，其鸣自詨。是炎帝之少女名曰女娃，女娃游于东海，溺而不返，故为精卫。常衔西山之木石，以堙于东海。漳水出焉，东流注于河。"

发鸠山的层峦叠嶂，就在县境西部，长子因此而有精卫之乡美名。在这个神话里，女娃是前生，精卫鸟是转世。不知道溺死女娃的那个东海，是不是女娲当年面对的那片汪洋，如果她们生于同一个时代，有没有可能正是女娃的不幸遇难，而让女娲有了拯救天下的母性担当?

长子的故事实在太多。一方面是民间传说和神话,比如尧王的长子封在这里,炎帝的小女儿死在这里。另一方面是地方史志和文物古迹,比如从春秋到西汉 400 多年间,这里一直是上党郡治所在地;在东晋十六国时期,这里曾做过西燕帝国的国都;唐代的法兴寺及石舍利塔,宋代的崇庆寺及佛像彩塑,都是令人叫绝的稀世国宝等等。真是历史越漫长,承载的东西就越多,或许王之长子,就是国之长子,自当为天下分担负重,于是就给后世积攒了金山银山般的家底。

后羿射日与女娲补天正好相反,女娲的时代是天昏地暗,汪洋泽国,后羿的时代却是烈日当头,炎热干旱。《山海经》和《淮南子》都载过这个神话。意思是当时天上挂着十颗火球般的太阳,烤焦了森林大地,晒死了禾苗草木,欲置生民于死地。于是,受尧王指派,后羿张弓射日,一口气射下了九颗,只留一颗造福人类。就像通过女娲的神话,专家们考证出发生在距今四五千年前的一场陨石雨,通过后羿射日的神话,专家们认为很可能是远古先民亲眼目睹了一次彗星撞击地球的险况,惊恐万分而又无能为力的他们,只好对着纷纷掉落的彗星碎片射箭,从而留下了这传说千年的神话。

有人说,后羿射日的神话源自江苏的射阳,也有人说,后羿射日的神话源自山西的长子。这是个全民旅游和消费的时代,各地都在给自己争可以赚钱的精神资源,也是个无可厚非的好事,关键是要拿出理由。在长治当地,这个神话也不归长子专属,去襄垣的时候,便听说后羿的神话与襄垣有理直气壮的勾连,而且还是个能自圆其说的版本。有人郑重其事地告诉我，这里有座技术先进全国闻名的五阳煤矿，它之所以取名五阳，就因为后羿射日这个神话。说当年后羿射下的九颗太阳，有五颗落在了襄垣，而且马上沉入到很深的地下，后来这些火红的太阳们就一点点变黑了，因为所有的光芒和热量都变成了挖之不尽取之不竭的煤。神话确实能激发人的想象力，站在五阳煤矿的副井前，我就海阔天空地想，那么，另外那四颗极有可能也都悉数落在山西境内，说不定有一颗不偏不倚正好就落在了大同。

在长治市郊，有一座老顶山，与它相连相对的，还有四座山峰，俗称五顶。那天在老顶山上，我看到了一座金色而巨大的炎帝塑像，在他怀中还抱了一捆黄灿灿的籽粒饱满的谷穗。就想，炎帝女儿在发鸠山，炎帝自己在老顶山，精卫对发鸠山的不离不弃是为了填海，炎帝对长治的情有独钟可能就是为了让天下人有饭吃吧？

老顶山古称百谷山，这是炎帝故地在此的重要佐证。北宋地理总志《太平寰宇记》云："百谷山与太行、王屋置连，风洞丛谷，崖壑幽邃，最称嘉境。昔神农尝百谷于此，因名山建庙，仲春上甲日致祭。"

《潞安府志》也有记载："炎帝庙明洪武四年重修。"明代当地官员王基在《重修神农庙碑记》曰："炎帝神农氏之庙，在潞当祀。……考诸郡志，庙去城东北十三里，有山曰百谷。世传帝尝百谷于兹，故因以名。"

沿用宋明史书方志的说法，1929 年商务印书馆编的《中国古今地名大辞典》，1936 年中华书局出版的《辞海》，也都收有柏谷山条：柏谷山，在山西长治县北，和太行山、王屋山相接，因山上本多柏树，故名，或作百谷山，相传神农尝百谷于此。

之前只听说神农尝百草，如今又听说炎帝尝百谷，虽然炎帝和神农氏是一个人，虽然他既被尊为中草药之父，也被敬为稼穑种植之祖，脑子还是有点微微的晕，稍稍的乱。我数不出百谷都包括什么，百谷中我也只能叫出五谷的名字，但是我现在确切地知道了，炎帝怀里抱的是五谷之一的粟，在山西最著名的特产里之所以有小米，长治的小米之所以最好吃，就因为是炎帝在这里把野生的狗尾巴草，变成了可以人工种植的谷子，然后变成了碗里的小米。所以，山西不但出产中国最早的面条，也出产中国最早的小米，且小米比面条更历史悠久。呵呵，所谓山西是农耕文明的中心，原来第一缕米香就是在这里缭绕起来的！

> 谷子好，谷子好，吃得香，费得少，
>
> 你要能吃一斤面，半斤小米管你饱；
>
> 爱稀你就熬稀粥，爱干就把捞饭捞；
>
> 磨成糊糊摊煎饼，满身窟窿赛面包。
>
> 谷子好，谷子好，又有糠，又有草，
>
> 喂猪喂驴喂骡马，好多社里离不了。
>
> 谷子好，谷子好，抗旱抗风又抗雹，
>
> 有时旱得焦了梢，一场透雨又活了；
>
> 狂风暴雨满地倒，太阳一晒起来了；
>
> 冰雹打得披了毛，秀出穗来还不小。
>
> 谷子好，谷子好，
>
> ……

　　记得离开五阳煤矿，就去了襄垣民俗文化馆，在那里复又见到唱《反菜园》的几位鼓书艺人，此刻他们正在那里唱赵树理当年写的鼓书《谷子好》。一听名字，心就热了。再一听鼓词，情绪更是燃了。那一瞬，我真想把炎帝给拽到鼓书场子，让他看看跟谷子一样肤色的华夏子民，让他听听后世子孙唱给谷子的歌谣，我真想知道如果他来到这里，会不会情绪一燃，也拉起琴，打起板，和这些盲艺人一起唱谷子好。

　　翻开当代文学史，赵树理被称为山药蛋派开山鼻祖。上小学的时候，就在姐夫的高中课本里读过他的《小二黑结婚》和《李有才板话》，记得跟小伙伴们在街上玩耍，如果看见对面走来一个丑婆娘，我们就叫她三仙姑，如果知道小伙伴挨了妈妈打，我们也叫她三仙姑。那时候不懂文学，只看故事，而且只能记住坏蛋。但是，赵树理也是我最早记住的作家之一。这次在长治，还去了赵树理当年的故居平顺县川底村，因为他在这里写了一部长篇小说《三里湾》，川底村已改叫三里湾村。听过他写的鼓书，看过炎帝怀里的谷穗，我就有点想不明白了，作为炎帝的老乡党，明明在《三里湾》之前就写过《谷子好》，文学史为什么给他叫了个山药蛋派，而不是谷子派？

　　在长治采风的最后一站，是去武乡县王家峪参观八路军总部。走在那个氛围里，突然就想起了那句常挂在中国人嘴边的话，小米加步枪。可想而知，小米是炎帝在长治发明的，且成了长治人主食的一种，武乡自不能外，如果只有步枪没有小米，八路军总部当年不可能在这里待那么久，日本人和蒋介石也不会先后被打跑，旧中国也不会变成新中国。所以，离开武乡的

　　时候，听见不远处的超市门口有人站在那里吆喝，武乡的小米，武乡的小米，便毫不犹豫地跑了过去，二话不说就买了两袋……

　　写到这里，夜已深沉，现在只想对长治说一句话，从此以后，我就将咀嚼着你的小米，醉在你的歌谣里。

★ 第四章

山乡新韵

刘庆邦

1951年12月生于河南沈丘农村。当过农民、矿工和记者，现为中国煤矿作家协会主席，北京作家协会副主席，一级作家，获国务院特殊津贴专家，北京市政协委员。

著有长篇小说七部，中短篇小说集、散文集三十余种，并出版有四卷本刘庆邦系列小说。多篇作品被译成英、法、日、俄、德、意、西、韩等国文字。

短篇小说《鞋》获第二届鲁迅文学奖。中篇小说《神木》《哑炮》先后获第二届和第四届老舍文学奖。中篇小说《到城里去》和长篇小说《红煤》分别获第四届、第五届北京市政府奖。多次获得"北京文学奖""小说月报百花奖""十月文学奖"等奖项。根据其小说《神木》改编的电影《盲井》获第53届柏林电影艺术节银熊奖。曾获北京市首届德艺双馨奖，首届林斤澜短篇小说杰出作家奖。

煤摇身一变

刘庆邦

　　我在《中国煤炭报》当记者期间，多次到山西长治的潞安采访，对这座煤矿是熟悉的。潞安的石圪节煤矿，在1937年就由康克清等同志在地下秘密建立了党组织。1945年8月18日，石圪节煤矿"地下军"成功起义，成为中国共产党在全国接管的第一座"红色煤矿"。1963年，石圪节被国务院树为全国工交战线勤俭办企业的五面红旗之一，"艰苦奋斗，勤俭办矿"的石圪节精神闻名全国，成为煤炭战线的一面旗帜和学习榜样。潞安的王庄矿也很厉害，20世纪80年代初，我和别的记者为王庄矿写了六篇连续报道，全面介绍该矿"改革创新，大干快上"的先进经验。潞安煤矿所创造的"开天窗放顶煤一次采全高"的新工艺，被誉为"潞安采煤法"。这种采煤法，不仅在国内实现了采煤技术的历史性突破，而且对全世界的厚煤层开采技术革命也起到了引领作用。因为这种采煤法术语的专业性比较强，请允许我用比较通俗的语言解释一下。几米厚的煤层，好比是一张厚厚的油饼，过去是从上而下，一层一层往下吃，一张油饼要来来回回吃几遍才能吃完。改革后的采煤法，是自下而上掏底吃，在吃最下面的一层时，上面的层次就自然脱落下来，一次就把整张油饼吃掉了。这种采煤法的运用和推广，极大地提高了采煤效率和全国的煤炭产量，为改革开放的经济建设提供了足够的能源，做出了巨大贡献。

近年来，煤炭工业的形势发生了一些变化。随着互联网时代的到来，随着当前整个世界正从工业文明向生态文明转变，全球性能源结构在逐步调整。在这个调整过程中，煤炭在我国的能源构成比重中呈逐年递减的趋势，煤炭工业开始走上了下坡路。不仅我国是这样，在全世界范围内，煤炭工业的现状都是如此。2015年12月8日，当英国最后一座深层矿井关闭之际，笼罩在凯灵利矿区的是一种依依不舍的伤怀气氛，不少矿工都流下了眼泪。天下矿工是一家，为安慰英国矿工，我还专门以一个中国老矿工的名义，写了一篇文章，题目是《写给英国的矿工兄弟》，劝英国的矿工看远些，想开些，以顺应不可逆转的历史潮流，尊重人类文明发展的必然进程。

在这种形势下，作为煤炭工业部命名的全国第一个"现代化矿务局"，潞安的情况怎么样呢？因我多次去潞安采访，后来还组织过"中国作家看潞安"的活动，对潞安的情况一直比较关注。我了解到，潞安煤矿也在去产能，降成本，其面临的挑战也相当严峻。有的矿井关闭了，有的矿井资源枯竭了，需要到外地寻求新的资源。为了克服困难，千方百计谋生存，谋发展，潞安煤矿曾相继出台了职工"停薪留职"和"内部休假"等管理办法，以动员在职职工转岗分流，自谋生路。消息传开，似阵阵寒意袭来，煤炭行业的职工无不感叹，无可奈何花落去，昔日辉煌今不再。

然而，且慢！煤炭工业真的会持续衰落下去吗？煤矿工人的路真的走到尽头了吗？我们振臂大声宣告，没有，悲观的结论为时过早！在国家不断推进改革开放的滚滚潮流之中，在现代科学技术日新月异的今天，煤矿又开辟了新的道路，创造了新的奇迹。创造奇迹的是哪座煤矿呢？正是中国煤矿曾经的"旗舰"企业潞安。潞安究竟创造了什么样的奇迹，让我们如此振奋呢？难道他们不再产煤，改成生产别的东西了吗？答案是潞安的五阳煤矿真的不再产煤了，变成了产油。由他们产出的油晶亮晶亮，一尘不染。

我以前去过五阳煤矿，2019年6月24日，我再次慕名来到了五阳煤矿。五阳煤矿有了一个新的名字，山西潞安煤基合成油有限公司，被上级定为"煤基合成油示范厂"。在示范厂，我没有看到井架、煤仓，更没有看到落地煤和矸石山，看到的是高耸入云的筒塔，各种纵横交错的管道，还有管道下面碧波一样的绿地。据介绍，煤从地下开采出后，就直接被送进了封闭性的管道，开始了一系列煤变油的化学变化。在整个厂区，我再也看不到传统煤矿的模样，收入眼底的更像是一个现代化的化工厂。在我的想象里，煤变油可能如粮食变酒差不多，在管道的终端，就会有油汩汩地流出来。我想象得大概过于简单

了，也过于浪漫了，我没有看见油从管道出口流出来的景象，在成品展示室里，我才看到了煤炭液化之后所变成的油。那些油品有的被盛在透明的塑料桶里，有的盛在精美的玻璃瓶子里，称得上琳琅满目，让我大开眼界。煤矿上的朋友把成品油从展示柜里取出，一一展示给我看，讲给我听。说来我的想象力还是不够，我没有想到，煤炭竟然会变出那么多不同品种的油。给我留下深刻印象的，至少有四种油。一是燃料用油，这种油可以代替石油，品质却优于石油。二是高档润滑油，这种润滑油被命名为潞安太行润滑油。汽车使用这种润滑油，既可以节油，又可以使尾气排放颗粒物大大降低。三是高密度特殊燃料油，飞机使用这种燃料油，可以使超音速巡航时间增加一倍。四是无芳环保溶剂油，这种油可以替代国际同类产品，广泛应用于多种名牌化妆品。除了上述这些油品，同时他们还生产出了高端特种蜡、特种尼龙等化工产品。

煤这种由亿万年前的森林变成的可燃烧化石，又被称为"太阳石"。潞安集团对"太阳石"的发掘和创造，使我们对煤炭有了新的认识。它由柴火的功能、制造蒸汽的功能、发电的功能，发展到现在包括产生多种油品在内的新功能，它来自煤炭，又超越了煤炭，像凤凰涅槃一样，使煤炭获得了新生。

看到潞安煤矿的新变化，振奋之余，我想对大家说的是：不要再说煤炭是空气的污染源了，潞安集团生产的油是最清洁的能源；不要再说煤炭的利用率低了，潞安集团对煤炭的利用是"吃干榨净"，最大限度地发挥了煤炭的效能；也不要再说煤炭行业是高危行业了，在煤变油的过程中，每个矿工都是掌握一定技能的技术人才，他们不必再付出繁重的体力劳动，只需要通过电脑和机器人，就可以完成一系列工艺流程。

在潞安期间，矿上的朋友还带我看了矿上的食堂和职工宿舍。食堂里饭菜花样繁多，应有尽有，想吃什么一般都能吃到。宿舍里窗明几净，设备齐全，比旅馆一点儿都不差。我明白朋友的意思，潞安煤矿的发展，是为国家的经济发展做出新的贡献，也是为了矿工的生活更幸福。

刘醒龙

　　1956年生于古城黄州。湖北省文联主席，并任中国作家协会全委会委员，中国作家协会小说委员会副主任。代表作有中篇小说《凤凰琴》《秋风醉了》《分享艰难》等。出版有长篇小说《威风凛凛》《一棵树的爱情史》《黄冈秘卷》、长篇散文《一滴水有多深》《上上长江》、长诗《用胸膛行走的高原》及各类小说集、文集和散文集八十余种。《圣天门口》获第二届中国小说学会长篇小说大奖，《蟠虺》获《人民文学》2014年度优秀长篇小说奖。散文《抱着父亲回故乡》获第七届老舍散文奖，中篇小说《挑担茶叶上北京》获第一届鲁迅文学奖，长篇小说《天行者》获第八届茅盾文学奖。

没有形容词的三里湾

刘醒龙

太行山南端的这里，景致奇丽，高峰与峡谷，像是斧劈刀削而成。那深幽与险要，不说别的，仅在当年，能够将八路军总部坚决掩护起来，让气焰嚣张的日本侵略军累到吐血也无可奈何，直到最后灰溜溜地举起白旗，也没能吃到一颗好果子。从长治往南前行不远，太行山突然消失，好像一首壮丽的协奏曲被一个强烈的休止符所中止，剩下袅袅余音自由舒展开来，化为无边无际的豫北大平原。反之，从那平原上的洛阳去往长治，简直就是从一眼望不到头的铜墙铁壁中寻一道小小缝隙，开足马力连钻带挤才进得来。

坐在长治的一家剧场里，听完仅仅一折就将人心三番五次揪起来的上党梆子，又听到有人极其认真地介绍说，"一个是阆苑仙葩，一个是美玉无瑕；一个枉自嗟呀，一个空劳牵挂；一个是水中月，一个是镜中花"的《红楼梦》，竟与长治紧密相关。这种意想不到的提示，发生在太行山深处，给人印象最强烈的真是《红楼梦》中所咏叹的，"若说有奇缘，如何心事终虚化"吗？在我看来，《红楼梦》的电视剧版最成功之处正是作为主题曲的《枉凝眉》，一旦知晓此中端倪，无论虚实，都值得深究。

在外行走，有心与无意，总会找到某段行程中的重点。这样的重点，与主人的安排无关，也与一路陪伴的好友无关，甚至与自己的刻意追逐无关。在长治的几天里也是如此，站在从未涉足的陌生环境，好奇心往往会遮蔽真正的兴趣。看过上党梆子后，于第二天的奔波中，接连遇上从南到北独一无二的堆锦艺术，从东到西世所无双的观音堂雕塑，还有当代中国社会生活中绝无仅有的申纪兰老人，以及特别能体现太行山自然风情的通天峡，到头来我心相系的，是那个全部地理与地图称其为川底村，在实际人事往来中又都很默契地不叫川底村的小地方。

小巧玲珑的川底村，属于长治所辖的平顺县，它另有一个如雷贯耳的名称：三里湾！

那天下午去三里湾，从一开始就写在日程里。等到进了三里湾，双脚踏入与三里湾一样著名的小院，给人的感觉仍然是一种不期而遇。小院里有几间屋子，还有几眼从黄土绝壁底部凿出来的窑洞。最里面是一间屋子，瓦檐下吊着十几束金黄宛如当初的玉米。当年读《三里湾》时曾经猜测，赵树理写的玉蜀黍到底是什么东西？不是后来没有找到答案，而是过后就将这件事忘掉了。这一天，看到三里湾的老房子上挂着的东西，用不着多问，就全明白了。

三里湾

六十多年前的玉蜀黍变成了玉米。

六十多年前的赵树理变成了铜像。

在最里面的那间小屋里，成为铜像的赵树理身上沾染了些许日常尘埃，这些尘埃的存在，让成为铜像的赵树理重新获取了某种活力。同行之人全是同行，面对铜像一不小心就冒出三言两语：在你还没有变成铜像时，独自在这僻远的小屋里，一口气待上八年，是有痴迷不悟的爱情，还是有让你义无反顾的大义，或者是发现了世外桃源和蓬莱仙境？将屋子里看上几遍，再将院子里看上几遍。长治这里，趁着南方进入梅雨季节，也跟着每天下一场好雨，凡是遇见的人个个都是笑眯眯的。一样国槐生长在这样的地方、这样的气候，就算是槐花开满天，地

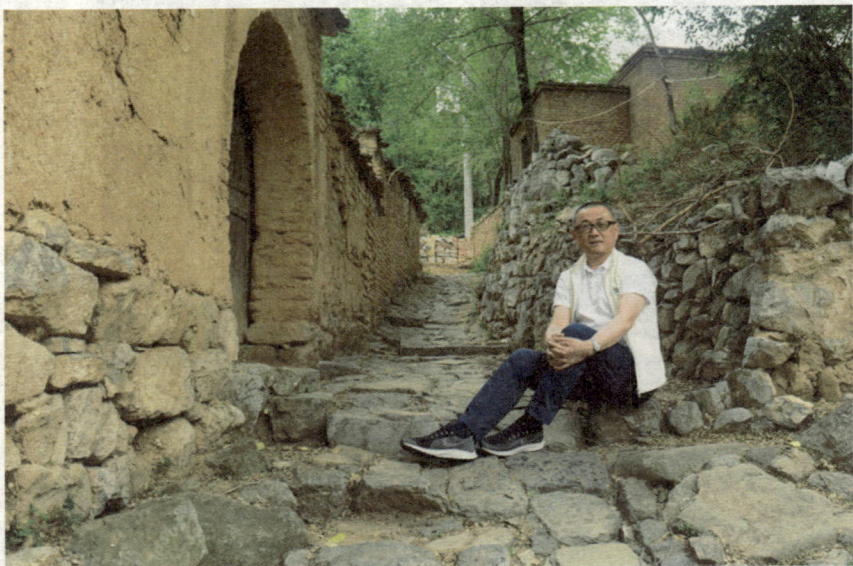

刘醒龙在三里湾

上也见不到丁点儿黛玉风格的花泥。眼下树叶正茂盛，用棍子敲打，用手指撸捋，也轻易弄不下来。开过花的国槐，树干不算粗大，那模样说是与当年三里湾合作社的山药蛋一同种下，也是可以相信的。院子正中的地上有一圆圆的井口，满满的水

在里面闪着粼粼波光，自己下意识地说出"水井"二字时，当地的人马上纠正，说是水窖。这话也点出了一个大问题，只有缺水的地方，才会修建专门用来贮存雨水的水窖。天下人都知道，太行山缺水。当年成立的三里湾合作社所具有的强大凝聚力，不是让人去学愚公，将挡住风、挡住雨的两座大山移走，合作社的现实理想看得见、摸得着，就是将村里的漫滩地改造成为水浇地。即便是现在，如果有机会让三里湾的庄稼地享有充足的灌溉用水，对三里湾而言，魅力依然不减当年。

在院子里转了几圈，再到外面走上一段路。砖和土垒起的墙壁，形成一道长长的散发着清新诗意的巷子。大概是有了某种文化创意与规划，紧邻的人家，前主人已经搬去其他地方了，空置下来的房子仍旧保有浓浓的农家生活气息，几只大缸倒扣在篱笆后面，各式各样的家具农具、石碾石磨散放在墙根处。连接家家户户的路与巷，还算整洁。在村里过日子就是这样，不能过分要求，实际上也无法将村里的人当成市民进行管理。城里的小区街道，有专人打扫。在村里，谁家的女主人在打扫自家庭院时，不会顺手将大门外扫上几十下？那随风从天上掉下来的落叶枯枝，那跟着雨露从地下冒出来的杂草野花，还有拖着长须、背着花甲的各类甲壳虫，以及偶尔贴着墙根悠悠滑过的娇小家蛇，因为只能生活在这里，也就成了生活的一部分。缺少这些的三里湾就不是三里湾了。在这样自由散漫的地方略走一程，再随意找个土墩、找个石块，席地而坐，任谁在身边都有可能说些体己的话。

转一圈，半小时不到，再回到小院中的那间屋子，还有人在对着铜像说话。明知眼前只是一尊偶像，硬要显得一个比一个深情。慢慢地，有人提及《三里湾》的历史功过，也就在这时候，突然记起，赵树理写三里湾，怎么一个形容词也见不到，难道找到了山药蛋，就可以不在乎语言修辞了？

或许三里湾真的不需要修辞。

前提是三里湾蕴藏着只有赵树理才能够理解并为之沉醉的另一套修辞。

极擅修辞的汪曾祺写过关于赵树理的文字，有一段格外生动：树理同志衣着朴素，一年四季，总是一身蓝卡其布的制服。但是他有一件很豪华的"行头"，一件水獭皮领子、礼服呢面的狐皮大衣。他身体不好，怕冷，冬天出门就穿起这件大衣来。那是刚"进城"的时候买的。那时这样的大衣很便宜，拍卖行里总挂着几件。奇怪的是他下乡体验生活，回到上党农村，也是穿了这件大衣去。那时作家下乡，总得穿得像个农民，至少像个村干部，哪有穿了水獭皮领子的狐皮大衣下去的？可是家乡的农民并不因为这件大衣就和他疏远隔阂，赵树理还是他们的"老赵"，老老少少，还是跟他无话不谈。看来，能否接近农民，不在衣裳。但是敢于穿了狐皮大衣而不怕农民见外的，恐怕也只有赵树理同志一人而已——他根本就没有考虑穿什么衣服"下去"的问题。这话可以换一种说法，比如：敢于不在意修辞而什么也不顾的，恐怕也只有赵树理，因为他根本就没有考虑用什么样的修辞才算得上是文学与作家的问题。穿着高贵衣裳的赵树理，随随便便就将黄土在头顶悬有几丈高的院子当成了家，这样的山药蛋早已把最美的修辞甩了不止几条街，而是甩到几十条街后面去了。

汪曾祺还在自己的文字里说，赵树理同志讲话很"随便"。那一阵很多人把中国农村说得过于美好，文艺作品尤多粉饰，他很有意见。他经常回家乡，回城后总要做一次报告，说说农村见闻。他认为农村还是很穷，日子过得很艰难。他戏称他戴的一块表为"五驴表"，说这块表的钱在农村可以买五头毛驴——那时候谁家能买五头毛驴，算是了不起的富户了。三里湾能够成为文学史中的瑰宝、宏大史诗的序曲，是后来者理当引为庆幸之事。如此倾情的社会生活主旋律，没有在文学中失位，只有多少年一遇的才子能够做到。长治这里有诸多全国第一，上党战役是向着新中国的解放战争的第一仗，潞安集团下属的石圪节煤矿是抗日战争后期从日军手里夺取的向着新中国的第一家红色企业，西沟村早在一九四七年就成立起了向着新中国的第一个农业互助组。中国文学中第一个农业合作社群像诞生在三里湾，百分之百是有历史背景与现实原因的。汪曾祺继续写到，北京城中，有人偷拿赵树理的大衣，垫在地上与女人胡搞。汪曾祺如实记下此种糗事，无损于大衣的主人，而令后来者更能明白，如何才是行大道、闯主流。当诸如此类的糗事大行文道时，形容词才会盛行。也只有到了这般时势，在三里湾没必要使用的形容词，才会有用武之地。不用点儿形容词来遮盖，糗事就会伤到文笔。

"哪个坟头里的骨头是骂死的？"

三里湾的这句话，是很精妙的一种形容，更是三里湾土生土长的一种真理！

　　阅遍人间世事，若将三里湾的真理当成可有可无的形容词，说暴殄天物还在其次，简直称得上是开天辟地第一荒诞。相比形容词里的三里湾，俗称俗套的美景似乎都不在眼前。真理之下的三里湾，将高处不胜寒的审美，化为世人都能轻易懂得的糊涂涂、常有理、铁算盘、惹不起、翻得高等人物。当时的三里湾，某个人一时说不出"互助组"这个名词来，说成了"胡锄锄"。有人和他开玩笑说"胡锄锄除不尽草"，他又改成"胡做做"。摆明了，过去与现在，凡是有诨名的人，放在哪里都不可以忽视。这样的大实话，比形容词更管用。在刚刚从多年战乱中安静下来、有可能过上好日子的三里湾，"互助组"是最过硬、也最得人心的形容词。

　　在友人的记忆中，赵树理走路比较快，好像总在侧着身子往前走。像是穿行在热闹集市的人丛中，怕碰着别人，总给别人让路。这令人想起一度十分流行的侧泳。小时候，在水里无师自通地学会"狗刨"之后，很长一段时间里，就靠着上体育课时从体育老师那里偷师学会的侧泳，在高中校园里独领风骚。同学中有进入到县中学生游泳队的，但他枉有一副自由泳的好身手，在校门口的水塘里，一向是拜倒在我面前的败将。在非专业的自然生态中，侧着身子在水中游走，首先是快速，其次是方便看清前后左右的状况。侧着身子走路，还有一种好处，当迎面吹来的风太大时，将身子侧过来，人会感觉到轻松省力，还不会让大风呛出咳嗽来。在水里，侧着身子游泳，只与减少阻力有关。在地上，特别是在城市，侧着身子走路，则会引来误会和误读而被人看扁。

　　还是汪曾祺说的，赵树理是个农村才子。有时赶集，他一个人能唱一台戏。口念锣鼓、拉过门、走身段，夹白带做还误不了长治这里的境界，明明是坐唱。他是长治人，唱的当然是上党梆子。他在单位晚会上曾表演过。下班后他常一个人坐在传达室里，用两个指头当鼓箭，敲锣打鼓，如醉如痴，非常投入。严文井说赵树理五音不全。其实赵树理的音准是好的，恐怕倒是严文井有点儿五音不全，听不准。不过他高亢的上党腔实在有点儿"吃他不消"！同为才子，来自江南水乡的汪曾祺，只此一句，就只能算得上是赵树理的半个知己。对于从未到过三里湾的人，半个知己就已经很了不起了。一般人只是三里湾的过客，不及细细打量，就离开了；更多人连当过客的资格都没有，完完全全是那种听到风就以为有雨的道听途说者。

　　读《三里湾》时心是提在嗓子眼上的，站在三里湾时心也是提在嗓子眼上的，与听上党梆子时心是提在嗓子眼上和听《枉凝眉》也是将心提在嗓子眼上的状态完全一致，但有别于汪曾祺的"吃他不消"。回到武汉，进门的第一件事就是找出一九八〇年第一次印刷的《赵树理文集》第二卷。关于三里湾，赵树理写过这样一段话："……这两位老人家，是三里湾两个能人。玉梅爹叫王宝全，外号'万宝全'。他们这次打的是石匠用的钻尖子。钻尖子这东西，就是真的石匠也是自己打的，不用铁匠打——因为每天用秃了，每天得打，找铁匠是要误事的。这东西用的铁，俗话叫锭铁，看样子也是机器产品，买来就是大拇指粗细的条子，只要打个尖、蘸一蘸火就能用。每一次要打好几条，用秃了再打，直用到不够长了才换新的。"在这段话里藏着一句既是《三里湾》也是上党梆子作为太行经典的至关紧要的句子！还有，刚来长治就被别人搁在心里的那番话，自己已经宁信其有、不信其无，愿意相信得了上党梆子精髓的《枉凝眉》，配得上做《红楼梦》的主题曲。这石匠用作钻尖子的大概也是某种硬度的钢铁，"比普通用的钢铁软，可是比普通的熟铁硬"！回味这样的句子，每一个字都是那样的荡气回肠。到这一步，信与不信都不重要，一个人才到长治几天，就会醉心于上党梆子。在长治生活二十年的作曲家对上党梆子更加耳熟能详，一天到晚泡在上党梆子里的三里湾，已经与上党梆子互相纠缠，你中有我，我中有你。

那些"枉凝眉"的诗词句子，青春年少时，读出来的只是不知如何将息的凄婉。犹犹豫豫以为似曾相识，一旦察觉到是上党梆子，绵柔的江南丝竹就有了骨感。太行山各处峡谷中的夏风正是这样，拂在身上是清凉，钻进骨缝中就成了无声的绝响。那说赵树理的上党梆子五音不全者，是因为不理解三里湾有"比普通的熟铁硬"的重要元素。有人说《枉凝眉》太难学唱，是由于不懂得《红楼梦》里有"比普通用的钢铁软"的主旋律。读《三里湾》和身在三里湾，那种将心提在嗓子眼上的感觉，也是由于"比普通用的钢铁软，可是比普通的熟铁硬"。太硬的东西，容易折断。太软的东西，担不起大用。听上党梆子与听《枉凝眉》，那久久盘旋的高扬、长长不断的亢朗，正是到了软钢硬铁的境地。

重读《三里湾》，无论是打铁的，还是打算盘的，无论是为了买一件新绒衣的夫妻，还是与是否加入合作社的难题纠缠在一起的青年恋人，总会情不自禁地想起那天听到的上党梆子和襄垣鼓书等。别处的民间演艺也多有做得很好的，就是到不了长治这里的境界，明明是坐唱，那不动不静的歌者突如其来地站起来或跳起来，电光石火，流星撕破天空那样，让看着与听着的人也跟着内心激越。赵树理用川底村拟定出小说里的三里湾，这座用笔写出来的三里湾又转身回头来锁定了川底村。不到长治不知道，到了长治才知道，以"山药蛋"来比喻的自然，是身心俱在太行山上的自然，是贴着霓虹彩霞的自然，不是与污泥浊水为伍的自然。达到这种境界的自然，有如瓜架下听织女会牛郎，再乘着月夜仰望天河，这便是上党梆子唱韵的来由吧！将情怀做得高耸些，让灵魂飞得超脱些，不必在乎有事没事的哼哼唧唧。不论身在何处，只管情归人间。做得到"比普通用的钢铁软，可是比普通的熟铁硬"，才会有三里湾中的村言俚语、小曲小调，那是石破天惊的存在。

比普通钢铁软的站在黄土崖上俯身向下呼唤。

比普通熟铁硬的站在黄土崖下举头朝上呐喊。

只要置身于太行山中，这就是基本的生活法则。三里湾和上党梆子毫无例外是这种法则的产物。在《红楼梦》这座大山里，也有《枉凝眉》所绕不过去的法则。人不到高蹈处，如何做到美玉无瑕；情不似云霞美，如何成其阆苑仙葩。一切与三里湾有缘者，都能得到太行山的点化，活在闲花野草间，看似眼中多少泪珠儿从秋流到冬、春流到夏，实则已是玉洁冰清、不惹尘器，独自成古今了。

没有形容词的三里湾，不敢说是在骨子里用《红楼梦》来替代，至少那颇得上党梆子精气神的《枉凝眉》可以与之互相烘托。《枉凝眉》之于《红楼梦》，与那"山药蛋"之于《三里湾》太有得一比了。一件事情、一样事物，当其变成了特别的典范与象征，事情与事物本身就是最好最大的形容词。上党梆子对于长治是这样，山药蛋对于三里湾是这样，三里湾对于太行山也是这样。

三里湾在山水中是虚构，在虚构中又是真的山水。

山药蛋完全不同，无论作何设想，山药蛋就是山药蛋，绝无其他可能。

将一种艺术风格用山药蛋来命名，意思是说这样的写作已经土得掉渣了，却不知那被认为是最最乡土的山药蛋，原本是货真价实的舶来品，与当年的洋火、洋布、洋油、洋灰、洋车

赵树理创作《三里湾》时的住所

等一道，被称为洋芋。在植物界，山药蛋的质地属于不软也不硬，山药蛋的形象属于不美也不丑，山药蛋的口味属于不重也不轻。天下万物，口头流传最甚的是那些重口味物什，比如辣椒，比如榴莲，比如柠檬，比如臭豆腐和臭鳜鱼。天下万事，茶余饭后津津乐道的是剑走偏锋的那些东西，比如牛说人话、人说鬼话、生不如死、死而复生等等。然而，天下人间，万事万物，决定大趋势、施展大能量的，从来不是那些茶余饭后的重口味。只有像山药蛋一样，在贫瘠坚硬的高坡上也能生长，在肥沃松软的土地里也能生长，在肥沃松软的土地里也能生长，认为样子可爱、味道可口也是主食，认为模样狰狞、难以下咽还是主食，才是生生不息的正脉本源。三里湾最熟悉这些，三里湾的最大出产也是这些。

六十多年前的三里湾是洪流一样的三里湾，六十多年前肯定存有古井大小的四里湾、五里湾。六十多年后，洪流还是洪流的意义，古井还有古井的说法。有人投身洪流，有人偏安古井。沧桑巨变与岁月静好，正如经历五台运动、吕梁运动、燕山运动和新生代喜马拉雅运动后，强烈隆升的太行山和相对下沉的华北平原。天地都有选择的权利，生命当然有推崇价值的自由。站在三里湾，遥想斯时斯事，在给一种艺术流派命名为"山药蛋"时，刻意写下"比普通用的钢铁软，可是比普通的熟铁硬"的句子，所思考的并非山药蛋是土得掉渣的极品，而是因为山药蛋在当年是一日三餐的主食，是太行山一带山上山下、山里山外日常生活中名气最小、作用最大的。

如此，甚至可以说，三里湾之前，三里湾之后，文学之于这片土地，最大的形容词唯有——太行山！

三里湾，三里湾，对着水，靠着山，青枝绿叶上下滩。

有这样的抒情在骨子里，还用形容词做甚！

鲁顺民

　　山西河曲人。中共党员。1987年毕业于山西师范大学中文系，同年参加工作，任中学语文教师八年。1996年调入山西省作协，历任《山西文学》编辑部编辑、编辑部主任、副主编、主编。2003年入鲁迅文学院参加第二届高级研修班学习。

　　1986年开始发表作品。2006年加入中国作家协会。著有散文、报告文学集《380毫米降水线——世纪之交中国北方的农村和农民》，报告文学《送84位烈士回家》、《王家岭的诉说》（合著），长篇散文《山西古渡口——黄河的另一种陈述》。报告文学《380毫米降水线——世纪之交中国北方的农村和农民》获赵树理文学奖，《送84位烈士回家》获辽宁省"五个一工程"奖，根据该报告文学改编的广播剧《英烈回家》获2012年全国"五个一工程"奖。

南平花坞

鲁顺民

壶关县的南平头坞村。

在省里的第一书记微信群里，早就听说过这个名字，倒不是名字特别，而是村庄特别。说是，山西电视台扶贫有办法，用颜料把村子染出来，居然整体脱贫了。

这当然是开玩笑。但说的却是实情。事迹上过中央电视台。

2018 年 7 月，2018 年 8 月，两次前往南平头坞村回来，克海和杨遥两个采访者，说起来喜笑颜开。这个村子真是有意思，全村的房舍都用涂料涂出来，民居的墙面，红黄绿三色，屋顶阳面，蓝色，阳面偏用粉色，远远望去，村庄像雨后被七彩的虹霓映过，村庄房舍高低错落，整饬一新，色彩染遍，斑斓而壮观。

可以想得见，在壶关，在山凹间突然出现这样一个村庄，让人充满期待。

创造一个七彩村庄，是山西电视台驻南平头坞的第一书记王亮君的主意。王亮君，1990 年毕业于北京大学历史系，分配到山西电视台，一直在台里做新闻策划，正经台里的"台柱子"。电视人，奇思妙想本来就多，用颜料把一个村庄染成七彩颜色本不奇怪，可是，要知道，他的这个点子是出在壶关县，是出在南太行山的贫困地区。

壶关县有名，因雄奇壮伟的"太行山大峡谷""八泉峡大峡谷""红豆峡大峡谷"为 5A 级旅游景区，每天游人络绎不绝、摩肩接踵，旅游景区每年仅门票收入可达 2 亿之多。游客们可能谁也不会想到，今天，境内森林覆盖率超过 52%，山也绿，水也清，生态宜居的壶关县，是怎么一步一步走到今天的。

在太行山大峡谷旅游开发之前，壶关县也非常有名。有名，是因缺水。壶关县一直是山西省最为严重的缺水县份之一，全县 1000 多平方公里土地，三分之二以上的乡镇和村庄缺水，全县 80% 以上的农业人口、人畜饮水困难。所以老百姓称壶关是"干壶"。地表无径流，全境山石为石灰岩地貌，植被稀少，300 米以下没有地下水。1965 年，全境降水仅为 300 毫米，全县陷入水荒，政府不得不组织专门车辆和人力赴长治市区拉水，县城里卖水，一担水能卖到八毛甚至一块钱。要知道，那是 1965 年的一块钱啊！勉强挨过 1965 年，雨情好一些，靠打下的 4000 多眼旱井的池塘，几年之内吃水无虞。但到了 1970 年，连续三年大旱，一县人陷入缺水困境，三年大旱，三年就靠拉水吃，由当时的地委组织 300 多辆运水车，最远是到长治市去拉水。水荒结束,全县粗略统计,政府投入到拉水的费用支出,竟然高达百万之巨。

也正是因为缺水,壶关人的倔强性格也突显出来,"壶关疙瘩"不服输,名扬三晋。从20世纪70年代开始,13任书记、县长抓造林,40年在干石山上创造了绿色涌动奇变。太行山延伸至壶关县,全部是石灰岩地貌,雨来漏雨,雪落风吹,降雨量少,蒸发量大,寸草难生,出了个全国劳动模范王五全,创造出一整套在干石山区栽油松技术,名震海内,总结起来就是"阳坡育苗阳坡栽,阴坡育苗阴坡栽,就地育苗就地栽",破解了一系列堪称世界难题的植树造林技术难题。40多年,植树造林对壶关老百姓已经不再是一项行政动员,而是朴素的观念。他们搬起石头造林,点种育苗,在石头缝里创造出造林超过百万亩的绿色奇迹,再垒起石头护林,垒起超过万里的护林长墙,被上海吉尼斯总部认证为吉尼斯世界纪录。百万亩油松林,万里护林墙,其精神内涵给人带来的震撼,怕要远超两个深入大峡谷中的5A级景区。或者说,今天闻名海内外的太行山大峡谷,正是依托40多年坚持不懈植树造林,才拥有了良好的生态。

王亮君任职第一书记的南平头坞村,正好处在由县城进入旅游区的要冲之地。这个七彩南平头坞村,就处在一片葱郁的绿色怀抱中。或者说,是在人工奇迹中诞生的奇思妙想。

南平头坞村,位于壶关县石坡乡东南部,S327省道荫林路穿村而过。北上壶关、襄垣,南下河南林州,是长治地区穿越太行的三条出省通道之一。当年荫城的铁器,潞州的绸子,山里的药材，就是经由这里翻越太行，走出山西。全村399户，1174人，5个村民小组，耕地面积357.3亩，全村有建档立卡贫困户226户，626人，2014—2015年已脱贫73户，215人，2016年脱贫153户，411人。经民主评议精准识别确定一般贫困户179户561人，其中低保贫困户44户，62人，五保贫困户3户，3人。因户因贫施策，发展生产脱贫90户，305人，生态补偿脱贫81户，221人，发展教育脱贫8户，35人，社会保障兜底脱贫47户，65人。

王亮君2015年8月被派到壶关县南平头坞村当第一书记，连干两届，为期四年，前两年筹划，第三年村子大变样，脱贫攻坚的故事上了中央新闻。

在王书记2016年的脱贫计划中，关于产业扶贫，这样写道：因地制宜，发展产业项目带动贫困户脱贫致富。一是刺绣产业：创建于2006年的刺绣业，为贫困户提供劳动就业岗位40余个，其中长期熟练工28人，旅游高峰期可为120余人解决劳动岗位；二是壶关县烽关养生酒厂：创建于2016年的酒厂，生产产值达80余万元，可为贫困户提供就业岗位20余个；三是南平头坞村旅游开发有限公司：为有效利用上级拨付40万元，2016年创建了南平头坞村旅游开发有限公司，经支村两委、村民代表研究决定入股南平头坞村旅游开发有限公司，并签订合同，年收益率10%，折合人民币4万元，该款项中70%用于全村建档立卡贫困户收益分配，共计2.8万元，30%用于村集体事业。

如今这些计划，已经呈现在眼前。2018年6月的南平头坞村，披着七彩，点缀在一片绿色的山林里，分外耀眼。

　　第一书记入村，"规定动作"若干，精准识别，入户访问，筹划改变村容村貌，建立健全党政村政，扶贫扶志，扶贫扶智，唤醒贫困户脱贫致富信心。林林总总，擘画产业蓝图最为艰难。

　　话说当年情景，王书记推了推眼镜，慢慢道来。语言之间，不无得意。南平头坞村，依托旅游生态发展旅游，可谓因地制宜。王书记说：我们这个脱贫攻坚做法，上过中央台新闻，全省一共3分钟，我们这里就给了50秒，这规格可以吧？

　　但也不是一蹴而就，其中处处曲折。

　　我们单位先前负责的是一个乡，后来重点负责两个村，一个石坡村，一个南平头坞。这里离太原四个小时，地方也偏远，好多工作你待在村里也发挥不了长项，没法儿深入推进开展。

　　2013年单位就在这里扶贫，台里组织人来搞一次慰问活动。算是到南平头坞绕了一遭，后来也搞什么结对帮扶，其实平实联系也很少。到了2015年，台里要我们新闻中心派一个人来。领导也考虑半天，说到底派谁去呢？开新闻策划会，提起这件事，我听说了，就说，"要不我去吧，我对那个村子有印象。"印象就是这个地方特别干净。

　　我在新闻媒体干了很多年，走的农村也多了，唯有那一回到南平头坞慰问给我印象特别深，家家户户，不管贫富，都是干干净净，就感觉这个地方人的精神面貌挺好。

　　开始领导不想让我来，因为我每天得负责开策划会，写汇报材料等工作。领导就说，"你走了，你这一摊子谁来干？"我说，"要是有什么困难我再临时回来。"当时领导们也不知道精准扶贫形势这么严峻，哪里想到第一书记中途不能随便换人。

　　8月份，我打着铺盖卷就到了村里。没想到，我这个走南闯北跟基层打交道也不算少的人，第一个下马威是吃和住。

这地方最大的短板是缺水，冬天水就冻了，夏天倒是有自来水，但是有时供水压力不行，经常没水。想洗个澡还得想办法去县城。而且水质也不好，含碱量大。住也住不好，就在路边村委会那里，晚上大汽车一阵阵鸣笛地下林州上壶关，觉也睡不好。

吃饭的问题，后来还是由于老郭书记的照顾，把旧大队的院子收拾了收拾，自己安下灶来，也能做上饭了。单位在石坡还有一个第一书记，也住到了这里，我们两个人搭伙，做了两年饭。从太原来的时候，把米面油带上。吃喝的问题总算是解决了。

第二个困难是听说话。安顿好吃住同时，用了两个月时间调研。每天除了开会，就是和老百姓聊天。但这地方的人说话不大好懂。好多时候听不懂他们在说啥。尤其是那些年龄大的，你听不懂但也得听。都来了三年了，到现在他们说话，我好多时候也是靠猜。

前两天，有个老汉到我住的地方反映一些问题。他说话，我听不懂。他一个劲儿说，我就盯着他的表情看，看他皱着眉头、唾沫直飞地讲了半个小时，才明白他的意思。原来是去年贫困户的名字，把他给抹掉了，他很有意见。第二个意思是他家的坟地需要整治，希望政府能出面帮帮忙。我就跟他讲政策，讲我们脱贫到底是在干什么。老人本来就是赌着心口一口气，和我说了半天，见我也有耐心，慢慢神情也缓和了，拉住我的手说：王书记，我对你没意见，我就是想着以后有什么好事情也能想到我们这些不中用的老汉。反正这几年时常入户，当地方口音听得多了，也能听个七七八八。

南平头坞在全乡镇的人口排到第三，1274人。以前还有几个自然村，现在都移到这里了。到了2015年10月，又和村里的郭书记座谈，

南平头坞村

　　谋划这个地方到底该怎么发展。这地方要地没地，要煤炭没煤炭，要工厂没工厂，发展了一家刺绣厂，效益也不行。有一家茶厂，也是瘫痪状态。走到村里一看，根本就看不见耕地。都在山里头，这里一小块，那里一小条，就是有拖拉机，也用不上。

　　这地方长期贫困，从干部到群众观念也保守，闯市场的心劲儿就没有。这么大一个村，年轻人都走了，留在村里的人，大多在五十岁以上。村里的后续发展就跟不上。

全村1000多口人，耕地面积357.3亩，人均不到半亩田。壶关县全面实施退耕还林，所以村里耕地逐年减少，只有分布在干河滩的一点点耕地。各家各户，精耕细作，不成规模。发展基础首先就有问题。不仅仅是南平头坞，壶关县其他山区村庄情形也和这里差不多。

王书记讲：

和群众，和党员干部，这么一通了解下来，发现村里落后有自然原因，也有人为原因，总体而言，优势少，劣势多。我就想，咱们有没有优势了？当时老郭书记也在，就想村里生态环境不错，基本上没怎么受破坏。山上药材也多，尤其是连翘，一到收获季节，家家户户都上山，回来就有小贩在路边等着收，每天挣个百八十不成问题。之前七八年，打了一场干雷，把南山烧了，老郭书记又跑到县林业局要来几百亩造林指标，满山都种上了连翘。将来我们可以搞点深加工，解决一部分就业。交通位置也还算不错，紧挨着壶关大峡谷，老郭书记之前也有做旅游的经验。天时地利人和都占了，就提出了个"旅游乡村、文化乡村、生态乡村"思路。

要想发展一条长远的产业链，只有发展旅游。我也去壶关大峡谷考察过。这两年大峡谷发展得不错了，前两年配套跟不上，人们来了也不住，如果留宿要么回壶关，要么去长治。2015年夏天，高峰时期，每年有上万人经过村里。大峡谷不可能留住那么多人，那么我们南平头坞能不能留住1000人？1000人留不住，能不能留下500人？他们与其跑到壶关那么远的地方住，还不如住在南平头坞，出来玩嘛，村野风情，总要比嘈杂的城市舒服。这也不是拍脑袋想不出来的，我一路看过去，从这里一路往下到峡谷，都特别狭窄，只有这个村子还相对开阔，可以停大巴车，自驾游的人来这里吃住，也不成问题。而且景区还在这里修了一个最大的停车场。

有了想法，大家也赞成，又开了两次村民代表大会，就决定搞旅游。

我们又争取了个美丽乡村项目，把硬件配套设施提升起来。硬化道路，改建厕所，发展农家乐。现在，农家乐有标间的也有好几家了。

实实在在干了这么一年多，最后就落在把村庄给彩绘出来上面。

怎么让这个村子更美丽？当时还没想到搞这个彩画。就是号召家家讲卫生。又投资了些钱，在后面的山上建观景亭，让大家来了闻不见臭味，一看也养眼。然后是组织村里老人，挖掘村里文化。村口先前有座古庙，我和文物局的朋友也联系了，看能不能把庙重修下，再从五台山请来僧人。这样人们来了也有景点可看。村上面有一个文化大院，当时我还设想搞一个农耕文化博物馆，人来了，可看的地方越多，就越有可能把人留下来。东西收集了一部分，但因为缺少资金，还没进一步扩大。

第二年我们台里又派出了两支工作队，都认为搞旅游的思路不错。工作队看见村里的房子，因山就势，叠加在一起，就像布达拉宫一样，能不能把全村房屋给彩画了。一开始大家都不看好，认为这个提法有点空。这个效果好不好，大家都没底。村里老百姓也和我说，王书记投进去这么多钱，说不定还打不起来个水漂，还不如给大家分了。光把村里这么多房子粉刷一遍，算上油漆和人工，得要一百多万。我们台里也拿不出这么多钱。台长就和我们说，你们先拿个计划。我们搞个"彩色乡村"计划。台里很快就批准了，让我们自己先和广告商联系。就是用置换广告的形式，和商家合作。一开始找的是硅藻泥，发现这东西用在室外不太行。后来通过交通频道，找到河北晨阳水漆。这种漆价格还很贵，一桶七八百，厂家打的保票说是用个十年不会毁色。说是天安门城楼上用的就是这种漆。乡政府也很支持，很快就干起来了。到2016年底就涂得差不多了。到2017年，继续加大投入，到6月份基本上涂完了。涂完后，整个村子不一样了。冬天周围一片萧索，村子却五颜六色，阳光照下来，那叫一个赏心悦目，一下就跳出来了。但冬天来的游客少。我就又谋划着怎么种花，就是夏天来的时候，一下子就像进入一个花的海洋，像童话世界。老百姓肯定也预感到了。好几户都在路边搞起了农家乐。

但就这，也留不住人，村里玩的地方太少。光路过，拍几张照片，也带不来效益，怎么能让游客住下来，我们也在想办法。

下一步，我们也在想怎么做一些留住游客的产业。又是扭转土地，种连翘。这地方本来野生连翘就多，今年又发展了五百亩。连翘花一开，漫山遍野都是黄色。游客们来了，去爬爬山，也得小半天。

周围的山我又重新命名，要么是桃花坡，要么是龙凤山。有的游客来了，就在村里住下，每天就是爬山，挖野菜。到了暑假，人就更多了。这里是最好的避暑山庄，夏天没有蚊子。别看村子里房子都盖在这陡坡上，对面山谷纵深二十几公里，全是树。今年县里面又支持，扭转了几百亩土地，在进村的道路种上油葵。到时，花一开，层层叠叠，一路花枝招展。从 2016 年开始，村里就开始种花，到现在规模更大。要是七八月来，村里到处都是花。

我提了个建议，以后咱村干脆改名，就叫个"南平花坞"得了。

村支书郭志强是村里的老党员，当了四十来年村支书，全壶关吃财政的村支书就四个人，郭志强是其中之一，一个月工资 2000 元，奖励的就是多年来为农村工作作出贡献的基层组织者。我们让他讲一讲村里的事情，他说，大致情况王书记都说了，就是个这，谋发展不容易，但总得有人干事情。

我也是赶上最难干的时候了。难干不是说现在的大环境不好，够好的了，给你钱，给你物，给你资金，给你政策，你只要愿意干，是切切实实的困难，都想着法子给你解决。老百姓就是争口气，你一下子不公平了，凭什么国家的钱就给了他家，就没我？不依你，找你闹。怎么解释都没用。

我今年 65 啦。1983 年当上村主任，1992 年当上支书。干了这么多年，遇上这问题还是头一回。我这个老支书吧，主要就是个年龄。要论成就吧，就是村里头稍微有点变化，比周边村子要强些。每天起来就是个抓工作，该讲道理的要和他们讲道理。这几年扶贫，国家帮扶的力度大，可以说是一年上一个新台阶。前些年村里年轻人都走了，就剩下一帮老年人，村里就没点精气神。现在呢，通水通路通电通网，又派下这么多干部来，真不一样了。

现在王书记来了，帮我们发展旅游。我就想着一定要把农家乐搞起来。老百姓每天就是挖点山药，挣个钱可是辛苦。要是搞些农家乐，标准间建好，人来了能住，旅游业就起来啦。以前来上 200 人，住没住的地方，吃也吃不好，你折腾上半天，就接待不了人家。咱村要是发展个 20 户农家乐,一家接待上七八个人,也可以了。现在村里有卫生间的农家乐,才 5 户。能有这 5 户,也是得了停车场的利了。大峡谷就没个停车场,搞一票通,西入口就设在咱村。后来停车场也多了,也不搞一票通了,大巴车来也不一定停在你这,也就五一、国庆车多的时候分流用一用。

有人的地方肯定就有问题。一辈子干了这买卖,谁也不知道还能遇到甚问题。以前是收钱困难,现在给钱给物还能落不是。基层干部可难,不听领导不行。不及时执行政策不中。什么事情你也都要给人说道说道,说不好不中,说得难听了人家还和你瞪眼睛。

等过了扶贫这一茬,大家都脱贫了,村子应该就平稳了。也不扶懒汉了,实在不能活的,多帮他一点,其他的,吃不愁,穿不愁,人人都有干的,有钱挣,人心也就正了。

老郭支书一番话,也是实在。上头千根钱,下面一根针,事事都得基层干部亲力亲为。不过爬在南平花坞的村巷上,看着村里的七彩民居,再看远山一片绿色,还是心情舒畅。房子依山而建,不是两层就是三层,据说前十来年不盖个好房子,就不可能娶下媳妇。如今,世道又变了,村里就是盖的楼再阔大,也抵不上城里一套三居室。我们去走访贫困户田红,正是中午,大太阳晒得毒辣。见我们进屋,他睡眼惺忪地刚从炕上爬起来:

我今年 56 了。年轻时候也出门做过小工,这二年,干不动了,又回到村里种地。地也没多少,五个人的田土,一人三分地,拢共一亩五,沟沟壑壑里这一条那一块,还不够我一个人种。儿子儿媳在长治打工,捎带着送孩子上学。村里看我日子过得艰苦,2014 年又给我评上贫困户,我又主动申请,干上了护林员。6 月 1 日到 9 月 1 日这三个月不用上山，山上树草都是生的，失火的可能性小。其他几个月就得巡山，提醒人莫在山上点火。村里南山、北山、东西山，山头大，林木面积也广，全村十几个护林员各管护各的。2010年，东山上天雷劈下来，把几座烧了个干净。又是郭书记去林业局跑来50万项目，植树造林，种了几百亩连翘。县林业局来验收，就问村里人，能采多少连翘？这村里的连翘，满山遍野都是，就看你肯不肯下那个苦，你一个月能采完？肯定采不完。但采不完，人商贩也就收一个月。几百号人，能动弹的，天一亮就带上馍馍上山，到傍晚，收连翘的小贩就在路边等着，一人每天挣上百元，那是常事。一采就是一个月，谁家一年靠此一项不挣个万儿八千？你算算这规模。肯定是够那亩数了。出门就能看见，屋前屋后，漫山遍野都是。我们这地方，地少，祖祖辈辈就是吃这个山。要不咱能养下这一窝窝人。现在也采连翘，钱算起来是挣了，开支也大。好在护林员一年也有3600元。村里这二年基建开工多，也去工地打打零工，挣点零花钱。

听贫困户田红讲完，又去贫困户郭彦芳家。郭彦芳1957年生，今年61岁，就和老伴在家。孩子们早去了外地打工。

2014年，因为家庭没啥收入，评进了贫困户。2015年出来了。到2016年还是脱不了，又进来了。儿子在沁源下煤窑。去年10月份开始干护林员，顶替了一个，他干到一半不干了。当了半年，给我卡里打了1600。

家里拢共就一亩半地，种点玉米，还有土豆。地少，想多种点，就得上山开点荒。种这么点地，根本不够活。十几年前就在外面打工。山南海北，运城、郑州，都去过，哪里挣钱就往哪跑。也干不了别的，就是下个苦力，到工地搬砖、和水泥，搞建筑修路。那会儿打工，工

资也不高，存不下几个钱。这五六年，大队搞连翘基地，发展主导产业，就在村里做做小工，挣个钱，零零散散，一年下来，也能挣个五六千。

这村里没地，年轻人基本上都在外面打工。打上半辈子工，回来修个房子娶个媳妇儿，饥荒还没还完，人也就老了。就是这么回事。你看我这房子1993年盖的，五间，也不算小了，花了个一万七八千块钱。那时候花下这么多，也了不得。好在那会儿娶媳妇便宜，两个儿子，一个下来才6万来块钱。2003年，当时也算个钱。你没钱，就是借上债，也得先把事办了，再慢慢还。要不一个个熬成老后生，咋娶？一辈子就是为个这。

搞上旅游后，来村里玩的游客还马虎，我的房子也空着，但是在半山腰，一般上也转不到这里来。再说我也没钱去投资。你改造个标准间，不下点本，怎么能行？村里搞农家乐的，有六个标间，一年挣个六七万也是轻轻松松。这钱我是想不到了，不过看见村里一天一个样样，也还不错。一辈子都这岁数了，还想咋？

"旅游乡村、文化乡村、生态乡村"，看似剑走偏锋，实则把准了乡村经济的脉搏。

中国立农万年，货殖随之，传统村落依就近耕作原则形成，同时也依商业贸易路线聚集，随市成城，随城而市，传统乡村聚落从来就与社会经济形态高度重合。也就是说，传统乡村从来不是一个只靠农业为生存依托的单纯经济单元。乡村生存经济的多样性、多元性，很少有人认真梳理，其实，这也是传统乡村数千年蓬勃不衰的秘密所在。尤其是山西吕梁山、太行山贫困地区，各地呈现出来的贫困状态实在让人感慨。黄河岸边，汾河两岸，漱水河畔，丹水蜿蜒，沁河碧波，漳河绕太行，滹沱望边墙，古村落处处，石墙苔痕，诉说着往日的富庶与辉煌，但这些承载着巨量近古文化信息的古村落，却绝大多数为贫困村落，甚至是深度贫困村落。反过来讲，地亩仍是原来的地亩，农业机械化水平虽然不能说提高到很高程度，也已经提高到相当程度，种子改良，化肥使用，拱棚技术运用，产量已经翻过几番，农业的生产效率与生产效应，传统农耕时代已经不能与今天同日而语。

　　然而，为什么以农业为根本的农村却日益凋敝下去呢？

　　原因无他，传统乡村社会从来就不依赖单一的农业生产而生存。乡村社会生存经济的多样性，与外部世界的多样性并无差异。也正因为如此，农业对于乡村社会主导性与支柱地位才凸显出来。农业生产与农户的生计密切相关，作物生长与四季旋律运转高度相关，同样，乡村社会的生存经济则与整个社会的多样性密切相关。此三个相关，被学者称为"三农"问题的新特点。传统乡村社会，农户要过上富足日月，"要想富，买卖搅庄户"，生存经济的多样性，不仅维系了乡村社会千年繁盛不衰，而且形成源于乡村内部的所谓"乡村理性"。

　　"三农"新三性，"资源节约型，环境友好型"呼之欲出；一产二产化，二产化之后的三产农业应运而生；注入文化元素，打起旅游牌，乡村产业势必跳出产业局限，形成新的产业业态。

　　王亮君在不经意之间，触碰到了现代乡村未来发展的敏感点。

　　毕竟，今天的乡村，是经过几十年城乡二元分治之后的乡村。真正做起来，还有相当长的路要走。

故乡的水果核桃山药蛋

李晓东

十八岁读大学离开家乡长治，至今二十七年，在太原、兰州、上海、北京、天水学习或工作。在中央巡视组工作期间，巡视调研过辽宁、甘肃、河南、山东、安徽、青海、浙江、海南等省，从事文学工作后，采访采风任务也不少。可以说，我不仅是吃"百家饭"，简直是吃"百地饭"的。但心中最美的味道，永远是故乡。小学时学过一篇课文《我爱故乡的杨梅》，没吃过，听过《三国演义》里曹操"望梅止渴"的故事，神往了很久。后来久居上海，每年都可以吃到正宗新鲜的绍兴杨梅，味道的确不错。但杨梅入口，口舌生津，脑海中想起的，却是故乡的水果。

李晓东在长治武乡

杏

杏是我最喜欢的水果，而且在古典诗词中也颇受欢迎，简直成了春天的代名词，如"春色满园关不住，一枝红杏出墙来""红杏枝头春意闹""花褪残红青杏小""不若桃杏，犹解嫁得东风""小楼昨夜听春雨，深巷明朝卖杏花"，都可归入古典诗词最美丽、最经典的句子。这种"待遇"，在水果家族中唯桃可以媲美。

杏之所以为古之文人，特别是宋婉约词钟爱，盖因它是东风第一枝，水果中最早开花者。无叶，如涂了桐油般光滑而泛着光的枝头，盛开了一串串白里透粉、毛茸茸的，仿佛蜂的身子，蝶的翅膀般的花朵。一下子就开得那样繁，让春天来得突然而又热烈。现在，各地发展旅游，"杏花节"举办不少，我们小时候，总是采一枝杏花，插在桌上的水瓶里。最喜欢含苞待放的，看着它在自己家里舒展开了身体，窑洞里也跟着明亮起来。

春天的山坡上，经常能发现刚出土不久的杏树苗，极好认，因为叶子大而圆。孩子们把杏树苗用手刨出，大点的树苗长了根，小的根部还是杏核，木质的外壳裂开来，两瓣仁上抽出细细的枝条。把杏树苗移栽到自家院子的角落或房背后，不敢让大人知道，却叫了小伙伴去看，商量啥时候能吃到杏。当然，一两天后便没了兴趣，任其自灭了。

杏还有一个长处，是其他桃李梨果等都不具备的，那就是，从小到大，哪个时期都能吃。"花褪残红青杏小"的杏，我们老家叫"毛杏"。和成熟后多呈圆形不同，杏子长长的，像一枚枣核，身上长满了细细的毛。把毛擦掉，就可以吃了。不酸，略有些涩，还有点苦。杏核的木质外壳还没长出来，白白的杏仁里，是一泡水。说实话，真不好吃，但对于孩子们，只要能吃就好，哪有不食"道旁苦李"的修养和聪明。再大一点，外形渐渐圆了，核也开始变硬，但味道极酸，牙一咬下去，口水马上就渗出来。写到这里，我的口水依然不由自主地分泌，虽然已过去了三十多年。

杏是和麦子一起成熟的，比西瓜还要早一些。收获杏，并不是一个一个摘，那太费事了。力气大的人抱着树枝使劲晃，果实便噼里啪啦，争先恐后地落下来。记得一次大姨家收杏，她家的狗也凑热闹，卧在树下。树枝一晃，杏子砸下来吓了它一大跳，赶紧起身躲到另一边，结果一会儿也挨了砸，只好夹着尾巴逃之夭夭。我老家武乡的杏都比较小，不似城里卖的那般大如拳头，可能未加嫁接改良，品种较原始。但味道极好。杏树主人收获时，有些长在特别远的枝头，很难够得着的杏，便会留下来。但这类杏往往是最大、最红、最好吃的。因为长在枝头，没有其他枝叶的遮挡，光照充分，而且在树上时间长，非常成熟。孩子们难抵挡诱惑，便会想办法把它们弄到嘴里。这种行为有个专门名词叫"遛杏"，是骡子是马拉出来遛遛，好杏赖杏，也得到树上遛遛。一次，我发现一个远处的横枝尽头，有个特别艳的杏，但横枝上头根本没有可以抓手的树枝。我双臂平伸，慢慢地走到枝头，小心翼翼地蹲下身，去摘杏。结果，稍一用力，树枝便晃了，我一下子失去了平衡，从树上摔了下来，手里还捏着那个杏呢。

村里人把杏分为两种，利核杏和黏核杏。利核杏即手指一挤，即成两半，核利索地躺在当中。黏核杏则是核与果肉紧密相连，即使把杏吃尽，核上依然粘着丝丝果肉。后一种吃起来麻烦，但格外可口，夹杂着李子和杏的双重芳香。我大姑家分到一棵黏核杏树，我当然毫无顾忌地随便摘吃。结果有一天早上，从树上下来后，感觉腿有点痒，拉起裤腿一看，满腿是黄豆大的疙瘩。村里的标准说法，是生了"饭"，即踩翻了鬼的饭碗，饭溅到腿上了。治疗的办法是用"偷来"的别人家的抹布擦。我妈妈就到邻居家，趁人不注意拿了一块抹布，给我擦

"饭"，果然消失无踪。后来想，可能是对某种花草过敏。

杏收得太多，可以晒杏干。把杏子挤两半，取出杏核，在太阳下晒两三天，就可以了。干了的杏向中间蜷缩，似乎重新回到了"毛杏"时长长的样子。可以放好长时间，当然，孩子们是不会放过它们的，不久，就连着晒杏干时落在里面的土一起进肚去也。

梨

我村最多的，是梨树。我小时候，它们已长了几十年，大多很粗壮，不知什么时候栽的。集体经济时，村里有专门的林业队，负责管理果树和卖水果。我爸爸到煤矿当工人之前，在村子里就被分在林业队。相比面朝黄土背朝天在大太阳地里死受罪，林业队就舒服多了。我爸一说起他在村里的时光，总念个顺口溜"林业队，好活队，树凉下面倒头睡，树壁虱（一种树上的寄生虫，无毒，但异味很大）爬了一脊背"，得意之情每每溢于言表。

梨树分两种，老家人称作"细梨"和"粗梨"。细梨皮细，青涩时就可以吃，但成熟后味道也就那样，个也不大。粗梨又叫"笨梨"，从名字就可想象出它的样子了。顺便说一下，"笨"在北方话中的含义，并非只是"傻"。中国作家协会主席铁凝长篇小说《笨花》中解释，笨花即本地土产的棉花品种。"笨"的反义词不是"灵"，而是"洋""细"。如我们老家把自己织的布叫"笨布"，自己家里打的月饼叫"笨月饼"，粗瓷碗叫"笨碗"，自己家里散养的鸡叫"笨鸡"，下的就是"笨蛋"。《红楼梦》里，王夫人想给贾府继承人贾宝玉选个姨娘，就是小老婆，不喜欢"俏眼角，溜肩膀"的美女晴雯，而选了袭人，就看中她"笨笨的，倒好"，这里的"笨"，即长相略粗，但朴实。"笨梨"也一律。不成熟时，皮厚而硬，使劲咬下，果肉发木，没有水分，难以下咽。可一到秋风起、白露至，马上出落得水灵灵的。个头很大，夸张的说法，一个有一斤，两个有三斤。黄白色的皮上有暗褐色的麻点，看起来还有些粗，但一咬，清脆爽利，不甜，满满的是水。刚从树上摘来，就着秋日清晨的露水吃下，才知道什么是心旷神怡。到上海后，发现上海人把梨叫"生梨"，一听，立刻叹服其准确和富有表现力，一"生"字，境界全出啊！但我在上海、北京的水果店里，却再也没体会到"生梨"的味道。

收获梨，称作"下梨"。与下杏晃树摇落不同，梨要一个一个地摘。摘不到的地方，会用梨叉。这是四个小铁枝安在一个圆形的托子上，两两相对，相距大约十厘米，中间正好可以放下一个梨，可见梨有多大！梨叉安在长长的木柄上，把梨放进去，在下端一拧木柄，梨就"落叉为安"了。但一个一个叉还太慢，另一种办法是"出杆"。在一个伸出主干的大枝下方，绑上一根粗木杆，与大枝平行，人站在木杆上摘大枝上的梨。

梨可生吃，可煮水，可晒梨干，甚至烂了，也能吃。梨的烂法和苹果不同，很少从中间烂，大多从顶端开始烂起。烂到三分之一时，烂的部分颜色发黑，但形状依然完整，把它吃到嘴里，甜、凉、浓，还略有些发酵的感觉，真是别有风味，根本不会吃坏肚子，有的人专门喜欢吃烂梨。

梨树叶到深秋就变红了，而且是"霜重色愈浓"，我们村地势多坡，没有大片的梨园，梨树都是在房前屋后、地沿上下随处种的，一到深秋，满村都红了。到北京多年，我从来没去香山看过红叶，好像没什么兴趣，月是故乡明，叶是故乡红。

西瓜

夏天里最受小孩子欢迎的吃食，当然非西瓜莫属。我们老家把西瓜叫作"瓜"，前面没有任何限定词。这种待遇，是南瓜、北瓜（西葫芦）、冬瓜，甚至黄瓜、香瓜所享受不到的。正如麻雀称为"雀"一样，以泛指称呼特指，地位之不一般可见一斑。西瓜要在略有点沙质的土地里才长得好。村里人的说法，沙地里长的瓜瓤沙，似乎没什么道理，但的确西部新疆沙漠戈壁地区的西瓜最好。西瓜开花时，一根秧蔓上开好几个花，意味着能结好几个瓜，但只能留一朵，其余都被掐了。这样，剩下的那一个才能长得大。我在天水工作期间，看到果农疏花疏果，作用也是一样的。南瓜秧也必须掐尖，不然秧会越来越长，占尽养分，瓜就小了。

孩子们常到西瓜地里，看着灰绿色、手一样的叶子一天天长大，瓜蔓越来越长，瓜慢慢变大，争论里面是红瓤、黄瓤，还是白瓤。孩子们偷西瓜的热情永远高涨，路人也会偷，所以，瓜快熟时，主人家要在地里搭窝棚看瓜。虽然只是一个人字形，仅容一人坐卧，连门都没有的临时居所，在孩子们眼里却拥有至高的权力，一地梦牵魂绕的瓜都是他的啊！

　　也有实在等不及，提前偷瓜的。我一位伯伯种了几分地的瓜，离成熟还早着呢，根本没想看瓜的事，结果有天到地里一看，所有瓜都被摔烂了。瓤都还是白生生的，连一点颜色都没变出来，瓜子也白着。他气愤至极，告到村干部那里，大人孩子都去现场看，果然一片狼藉。经调查，三个比我小的男孩子被揪出来。原来他们早就看着眼馋，想偷个瓜尝尝。敲敲拍拍半天选中一个"熟"的，在石头上磕开一看，却全生。不甘心，再磕一个，再磕一个，结果一地瓜都遭了殃。

　　那个时候，我们那种的都是"笨瓜"，个很大，最大的可达20多斤，暗绿到发黑的皮，椭圆形状，和冬瓜非常像。皮很厚，收获后，有人喜欢先过秤，在皮上用钉子刻重量。刻得很深，也不会触及瓜瓤。我村种瓜人家较少，种了也多为自己和亲戚吃。外村的瓜农不时会到村里来"换瓜"——以物易物，用粮食来换。双方都是换，也就没有了买卖的概念。由此可知，货币产生之后，才出现买方卖方、甲方乙方，经商才成为一种职业。现在更是货币脱离物质实体而存在，金融、股市搞得大家欲仙欲死、神魂颠倒。现在微信支付宝普及，才深深体会到马克思说的，纸币是货币的符号，是多么正确本质的见解！

　　虽然不见钱，基本的价值规律依然起作用。村人多用玉米换瓜，因小麦要磨面、小米要喝粥，高粱种得少，玉米便成了通用等价物。瓜刚下来（商品经济称作上市，小农叫下来，名不同，味无异）时贵，二斤玉米换一斤瓜，后来一斤换一斤，再后来半斤玉米换一斤瓜，然后又渐渐反弹。夏天的村子里，常听到这样的对话，"换瓜的来了！""咋换？""二斤"，即二斤玉米换一斤西瓜，或"斤对斤""半斤"。换来瓜，孩子们便兴奋不已，又很珍惜，非把瓜皮啃到全白，不舍得扔掉。

稍大点的集镇，每三天会有一集，偶尔还有带唱戏的"会"。孩子们赶集或赶会，跟着大人走几里甚至十几里山路，主要目的只有一个，就是花上一毛钱，买吃一块瓜。每块都是一毛钱，瓜好，块就小；瓜不好，块就大。吃大还是吃好，往往让人纠结，但多数情况下，是挑大的了。

核桃

暑假里，许多男孩子的手都乌黑，怎么洗也洗不干净，成为"犯罪"的最有力证据，屡屡挨打。原因只有一个——偷吃核桃被染的。在店里或摊子上卖的核桃，与长在树上时，样子差异很大，可以说，核桃是北方果类里，收获前后"变形"最大的。有一句耳熟能详的俗语："没吃过猪肉，还没见过猪跑？"现在大概要反过来了，"没见过猪跑，还没吃过猪肉？"吃小袋子装"来伊份"核桃仁的，可能不认识整个核桃；买来砸核桃吃的，可能没见过长在树上的核桃。

在我的记忆里，村里的核桃树大多很大。主干不高，但很粗，许多枝杈平平地伸出，使树冠张得很大，是多年老树了。核桃树的叶子又大又肥，一副温柔敦厚的长者气象，却"暗藏杀机"，它是有毒的，吃了会嘴唇肿胀疼痛。核桃花却很少有人见过，吾乡传说，看到核桃树开花，人就会死。其实，核桃树会开很小很小的白色花，夜间开放，很快就落了，不像桃花、杏花、梨花，在春天里姹紫嫣红地舒展着。

树上的核桃是绿色的，和叶子的颜色一模一样，不知是否在运用保护色。与苹果等长在叶子上方不同，核桃长在厚厚的叶子下，一对一对依偎在一起。约三毫米厚的绿皮包裹着的，才是人们在市场上看到的核桃。

核桃要过了白露才能收获，但到八月份就可以吃了，而且，嫩核桃仁比成熟了的更可口。现在，"鲜核桃"也已成了品牌。打开核桃，无外乎三种办法，石头砸、脚踩、刀子剜。核桃的厚皮里，含着无色的汁液，石头一砸，立即溅出，不留神还会溅到眼睛里，又酸又痛。汁液看着无色，却能把皮肤染上淡淡的嫩黄。一次次地砸核桃，手上的颜色越来越深，几天后，就变得乌黑了。糟糕的是，这种颜色染得特别结实，用肥皂都很难洗掉。只能在吃嫩核桃时节过后，一点点自然褪掉。大人们会突然问"偷核桃了吧""没有""把手伸出来"……前几年有本很火的书，叫《水知道答案》，跟风出了很多《……知道答案》，我们小时候最痛苦的，是"手知道答案"。

稍大点的孩子，便用刀子剜。嫩核桃砸起来很费劲，用力小了，砸不开，用力大了，砸烂的皮和仁混在一起，几乎没法吃。用脚踩，踩几个脚底就会痛。用刀子剜却很省事。核桃和把相连接的地方，是它的"命门"。就着和把分离后留下的白点，稍一用力，刀片就插进两片核桃中间。如果刀子结实，一撬就开。我们用的，都是八分钱一只的铅笔刀，刀刃薄而短，不过，顺着缝隙转一圈，自然一分为二。刀片在半个核桃里沿木质壳一旋，完整的核桃仁就落到手心了。

核桃不成熟时，仁外面的薄皮发苦，不能吃，但撕下非常利索。轻轻揭开黄衣，又嫩又白的核桃仁就出现了。放进嘴里一咬，脆、嫩、甜，还有丝丝青草气息，一点点汁液在口中游走。把几大片嫩核桃仁一起放在嘴里大嚼，真是过瘾！水果吃多了，会酸倒牙，会拉肚子，嫩核桃则是越吃越香，手也随之越拉越黑——哪怕是用有技术含量的小刀剜。一直到成熟收获，多汁的绿皮都结结实实地包裹着木质壳的核桃。我们老家把收获核桃叫作"打核桃"，非常准确。与生怕收获过程中受损的水果不同，核桃表面的绿皮已经没用了。所以，就用长杆直接敲打。绿皮慢慢萎缩，一点点腐烂，小孩子用脚一踩，就爽利地脱离了。这个工序，叫"利核桃"，把"利"用作动词，真有"不明利"的感觉了。我十来岁时，很喜欢利核桃，一脚踩下，皮脱核全，有点像武功高手。更诱人的是，可以边干边吃。去年在北京街头，遇到郊区农民骡子拉平车卖的带皮核桃，如见故人一般，不顾25元一斤的天价，买了两斤。然后特买小刀一把，自剜自食，"旁人不知余心乐，将谓偷闲学少年"，呵呵。

山药蛋

山西文学最称代表者，当属"山药蛋派"。其与"荷花淀派"并称中国当代文学两大流派，二者风格则完全不同。荷花淀派荡漾着水的灵气，山药蛋派浑身是土的精神；荷花淀派精致婉约，山药蛋派朴实幽默；荷花淀派是对镜贴花黄的小资格调，山药蛋派是黄土地刨食的农民面目；荷花淀派是美得优雅，山药蛋派是吃得实在——所谓"生活气息"，其实就是围绕着吃打转转。

不知道荷花对河北人民的重要性有多大，山药蛋在山西人民生活中的地位却是不可动摇的。山药蛋就是土豆，学名马铃薯，与铁棍山药不是一回事。吾乡十年九旱，山药蛋最是抗旱，天涝水多，反而不好，容易长芽、变"僵"，越是旱天和沙地，越是健旺，长得又大又沙，产量极高。一亩麦子，即使上了化肥，也就收四五百斤；一亩秋粮，七八百斤；一亩山药蛋，却可收获一千多斤。在吃饱为先的时代，多收才是王道。历史研究得知，明中叶以后，中国人口大量增加，一个最本质的原因就是，山药蛋广泛种植，养活了更多的人，和资本主义萌芽等普世价值没啥关系。

山药蛋和红薯同属一科，仿佛亲兄弟般。但红薯更娇贵，要先育苗，再把苗移栽到地里。种山药蛋就省事、粗放多了。我一个依稀的记忆，就是跟着妈妈给生产队种山药蛋。许多大娘婶婶，每人拿一块小案板，一把菜刀。小山药蛋一切两半，大的一切三或四瓣，在地里刨一个浅浅的土坑，直接埋下去。后来到甘肃定西参观现代化的马铃薯育种基地，才知道山药蛋种子早已高科技化了，需原原种、原种等多代培育，脱毒、出苗等多道工序。不仅可以吃，国家已提出马铃薯主粮化，还能生产涂料，把山药蛋刷上墙。

苗长到一尺多高时，要"耧"，就是在每株苗根部，用锄垒出一个小堆，山药蛋就结在这土堆里。所以，山药蛋长在土里，但不在地底下。矮矮的植株，暗绿色的叶子，白色的小花，从里到外，通身透着一个字——"土"。有人说，土豆开花赛牡丹，是夸张得有些过了。

收获马铃薯，我们老家叫刨山药蛋，看似简单，其实很需小心。不可能像农家乐刨红薯，拿个小锄一点一点寻宝似的挖，那到第二年也干不完。用大镢头一刨，"一家子"山药蛋就"破壳而出"了。它们一个个和植株根部相连，围成一圈，中间的大，边缘的小。提起植株一抖，便纷纷脱离。如果没经验，兜头一镢头，往往会把一个山药蛋一劈两半，或劈伤。要从小土堆边缘斜斜地刨下，再向上一提，才能完成得又快又完整。

吾乡蔬菜极少，能做菜的，似乎主要就是山药蛋。我们老家把菜窖直接称作"山药窖"，也的确没其他菜好放。与在院子里挖入地下，直筒似的地窖不同，山药窖大多就打在地边的山坡上，像一个小窑洞。收获的山药蛋直接放进窖里，用石板挡住，没有门，不上锁，也不用担心有人来偷。直到现在，我常常忆起爸爸打山药窖的情形，身高1.80的爸爸跪在已打了两尺（约0.67米）深的窑洞形山药窖里，用小镢头向里打，白土飞扬。妈妈领我在外面看，爸爸说，"看着爸爸了没？"

土豆丝，是山西名菜。一个人会不会炒菜，主要看会不会炒山药蛋丝。切得细长的山药蛋丝，大火炒到八成熟，用醋狠狠地浇下，山药丝马上变了颜色，强烈的酸味直冲鼻子，这才是山西啊！再翻搅两大下，就出锅了。酸、脆、爽、利，直吃到把盘子底的醋汁蘸了馒头。后来到兰州读研究生，为省钱自己做饭，当然也是以吃山药蛋为主，甘肃叫"洋芋蛋"。有话说，定西三大宝，洋芋、土豆、马铃薯，其实，全甘肃都吃土豆。2009年冬天在甘肃巡视时，十四个市州都走了一遍，每个地方都有土豆，真是吃美了，反而是定西的味道一般。甘肃人甚至自称"洋芋蛋子"。我一出山西就到甘肃，先后在甘肃读书、巡视、工作，共五年半时间。从"山药蛋"变成了"洋芋蛋"，名异而实同，都指向一个特征，就是"接地气"。我们开玩笑说，早上吃的羊，中午吃的鱼，晚上吃的蛋，一整天都在吃洋芋蛋。三年下来，我练就了一手切山药蛋的好刀功，不仅切得细、匀、快，而且可以从声音辨出刀功的水平。

更让我怀念的是烤山药蛋和蒸山药蛋。做饭时，妈妈常会把几个山药蛋放进火膛里，一顿饭做熟，山药蛋也烤熟了。皮烤得焦黄，还粘着炉里的黑灰。烫得一边吹气，一边在手里倒来倒去。捏开来，一股热气袅袅而起，沙沙的瓢唇齿留香，最后皮也全下肚了，手上和嘴边都沾上黑灰。

我小的时候，家里粮食还不富余，隔几天就有一顿晚饭是"山药红薯"，即主食就是蒸的山药蛋和红薯。我不大喜欢红薯，觉得太甜太绵，对山药蛋情有独钟。蒸熟的山药蛋崩开了口子，滴上几滴香油拌起来，再就上点腌韭菜，我一口气可以吃好几个。直至今天，以至今后，山药蛋都是我最爱吃的，不论炒、煮、蒸、烤，还是洋快餐的炸薯条和土豆泥。

枣

鲁迅散文诗《秋夜》开篇，奇语劈空而下："在我的后园，可以看见墙外有两株树，一株是枣树，还有一株也是枣树。"其实，北方枣主要有三种，大枣、酸枣、软枣。我父亲三兄弟分家，我家分到一棵国光苹果树和一棵枣树。国光苹果树在院子当中，左右一棵花红果树、一棵梨树，颇有众星捧月之势，枣树则躲在房背后，虽然粗高茁壮，却微斜着身子，枝叶向外伸展，仿佛害羞似的。

苏东坡著名的《浣溪沙》词曰"簌簌衣巾落枣花"，枣花非常细小，似有若无，只是绿叶下白白的小点，却清香扑鼻。走过树下，一阵阵淡雅的香气，让人心旷神怡。枣花落在衣服、帽子上，拂了一身还满，整个人都被香气笼罩了。东坡以香气作为乡村小景的整体氛围，借一枣花而灵气全出。枣花细密，枣子便也结得繁。一个个争先恐后地挤在枝头，却没有"春意闹"的活泼，都绿绿的，很安静。

枣常被称作"红枣"，其实大多数时间都是绿的。甚至到收获之际，一树枣子也多半青绿。若等到大部分红了，先红的便会因过熟而落下树。因此，红枣，大多不是自然长红，而是捂红的。枣子收下来，放在一个大筐里，或就直接堆在炕头，蒙上厚被子保温，时不时翻动，过几天，就慢慢变红、变软了。

我们最爱吃的，是在树上将收未收，略略变红的枣子。枣子变红，从底部开始。最开始出现一个红圈，然后向上蔓延，整体的颜色，是如枣树叶一般的深绿，变浅、变白，红色悄悄地泛起来。因此，"有了红圈圈"，就是枣趋近成熟的标志。这时，枣已不再发硬发木发苦，而是脆、甜、爽，果肉含着汁液。初秋的早晨，我常爬上自家枣树，摘下带着秋露，有点凉的枣子，就在枝头吃进嘴里，核吐在树下。我们老家把水果，包括枣，叫作"生冷"，非常形象而准确，要想可口，必须生食、冷食，现在包装精美、价格吓人的"骏枣""滩枣"，虽又大又红，却失了自然的水分和气息。前几年，由于工作关系，我到一家非常著名的枣制品公司考察，看到他们的枣树躯干上布满了刀斧之痕，一株株都长得不高，主干呈枣核型。听讲解才知道，刀斧加之于身，是为了阻止枣树长高，以便更多结果实。这样，即使再有意境的秋夜，枣树们也不能"欠伸得很舒服"了，更不可能"剑一般刺向奇怪而高的天空"，只能"瑟缩着"。如它们的产品一般，变成了浓浓的液体或薄薄的小片，丧失了本型本相本性。

酸枣，不知是枣的小弟还是祖先，近亲却肯定是无疑的。枣树都有主家，酸枣却永远是野生的。地头、沟边、崖上，一丛一丛的酸枣顽强地生存着。酸枣似乎有点个性，喜欢长在比较险的地方，身上长着刺，仿佛田野的卫兵。摘酸枣的主要是孩子。夏秋之交，两三个、四五个一群，背着碎布头拼成的五颜六色的书包，拿着木棍，漫山遍野去打酸枣。小小圆圆的叶子、小小圆圆的果实，在暴力打击下纷纷落地。大多数当然也是绿的，捏一只放进嘴里，却又酸又甜，引得口水四溢。2017年10月，我在国防大学人防重点城市研讨班学习，与同学课余爬山，山上酸枣满枝，红若玛瑙。我如见故人，摘了放在嘴里，闭了眼体味。同来的上海同学说，这能吃？我说，这就是酸枣，《一把酸枣》的酸枣。爬山多在中饭前，已有些饿，吃酸枣，不仅补充能量，而且开胃，算是天然的"餐前小食"吧。

小时候打酸枣，出发时，想着要打满满一书包，往往仅铺满书包底。酸枣丛看似很多，但果实太小，产量并不大，孩子们你也打、我也摘，每人所得自然有限。我爷爷虽然没当过大干部，却向来严肃，儿孙辈都有点怕他。有一次，他却突然兴致勃勃地带着我一起去打酸枣。为此还专门做了工具，把收麦子的镰刀绑在长木棍上，在矿区周围的村里和山坡上四处寻找。找到后，棍打镰割，爷爷十分起劲，还用镰把崖边的酸枣枝钩回来，使劲拉着，让我去摘。但下一年，以及其后，爷爷再也没提过要摘酸枣。我很有些奇怪，但不敢问这"老夫聊发少年狂"的个中缘由。

我们老家有句农谚"柿子树软枣根"，意思是柿子树枝可以嫁接到软枣树上。软枣就是黑枣，未成熟时和柿子十分相像，可以说是"具体而微者"，先绿后红，如一个个小柿子挂在枝头，只有成熟柿子的不足十分之一大。不同的是，变红后，继续变黑。形状也变了，由圆圆的柿形变成长长的枣形。样子丑了，口感可好多了。黑枣核极小，简直可以忽略不计，通体无骨，绵软如肉。在肉类极匮乏的时代，给我们多少想象啊！

还要再说一种枣——沙枣，是长在沙漠戈壁里的，虽然我没见过它的真面目。在兰州读书时，每到春末，嘉峪关、酒泉的同学便会借回乡之机或请老乡带正开花的沙枣枝来。极细小的、淡灰色的叶子中，点缀着金黄的小花，并不起眼。独特之处在于，沙枣花非常之香。插一小把在瓶子里，整个宿舍都香得让人陶醉，打开门，弥漫到走廊里，浓郁，但不刺激。听同学说，沙枣在公路边随处可见，车窗打开，一路金黄，一路沁香。

★ 第五章

诗画太行

刘兆林

　　1949年4月生于黑龙江巴彦县，当代作家。中国作家协会主席团委员、中国散文学会副会长、辽宁省作家协会名誉主席。发表文学作品主要有：长篇小说《不悔录》《绿色青春期》《雪国铁梅》及长篇传记《儒林怪杰》；中、短篇小说集《啊，索伦河谷的枪声》《雪国热闹镇》《三角形太阳》《违约公布的日记》；散文集《高窗听雪》《和鱼去散步》《父亲祭》《在西藏想你》《脚下的远方》《巴彦雪》等多部。曾获文学奖励主要有：全国中篇小说奖、全国短篇小说奖、全国冰心散文奖、中国人民解放军八一文艺奖、中华文学基金会"庄重文文学奖"、东北文学奖、曹雪芹长篇小说奖等。

太行喊山

刘兆林

　　一进太行山，心就跳得欢了，嗓子眼儿痒痒的，想喊。先还压抑着，顾及自己的年龄而不敢聊发少年狂。走着走着，上了太行之巅，呼喊的欲望直撞嗓门儿，几下就撞开了，那喊便喷泉般喷射出来。阳光下，连绵射向天空的"啊啊啊"声，灵魂出窍似的，直到嗓门儿不痒了，才缩回体内。头回这样的喊，是在山西长治平顺县的太行之巅。二回这样的喊，则在山西长治壶关县壁立如仞的太行大峡谷底。两回喊山，相隔八年。

　　我对太行山向怀敬意，青少年时便喜爱《我们在太行山上》那支歌，六十多岁了却尚未身临其境过，怎能不前去看上一眼？

　　万没想到，那时的平顺一千五百五十平方千米土地，人均只一亩薄田，却十二亩秃山。平顺是国家级贫困县，但是，还有另一个万没想到，她贫困得异常富有。

平顺富有的恰是从前造成贫困的那些奇绝之山。从前，美是不能当饭吃的，也不能换钱。当年湖南张家界就曾是个美得绝伦却穷得吃不上饭的例证。那时，张家界的穷和美也都是因为山。那山是太奇绝了，但缺路，少矿，又不能种粮食，那奇绝之美就只有藏在深闺人未识了。

到了平顺才明白，八百里太行山从中原大地拔地而起，就是起自山西的平顺。乘汽车一进平顺的大山，车在弯弯转转的山路上逐渐上升，但见计程器数字不断增，却不见前进的距离怎么长。两山之间直线五六里的距离，盘山公路就得绕上二三十里，甚至更远。当车顺山路拐了几个山谷，奇异的景象便接连出现了：那连绵的几乎发乌的山，渐渐地变成了鱼鳞状，遍体均匀地长出无数白色鱼鳞似的——那是秃山上等距离凿出的石坑垒成的石堰，再从很远处担来泥土填进坑里，栽上小树苗。小树苗已活了，但根还得几年后才能通过担来的泥土慢慢扎进石缝儿，需十多年才能长一人多高。十多年啊，幼苗依托远方担来的那点薄土，虔诚地试探着寻找微小的石缝儿，顽强地向石头扎根。俗话说树有多高根有多长。石头上长一人多高的树，那要付出多少艰辛才能扎下根啊！

平顺许多山都是这样绿起来的。与南方的山比，那绿看上去简直微不足道，那可是挥铁锤钢钎，一下下凿山石注血汗，把一座一座石头山染绿的啊！我忽然明白，愚公移山的传说何以出自太行、王屋二山了。而申纪兰就是平顺最具代表性的"愚公人物"。申纪兰这位西沟村的女共产党员，当了几十年的全国人大代表，让她到省城做官她不去，几十年如一日，甘在西沟村当农民，带领乡亲在有限的黄土地上种粮食，在光秃的石头山上植树，八十多岁了还高声大嗓硬硬朗朗带领乡亲们苦干着，她代表的是无数扎根太行不屈不挠改变家乡面貌的愚公式的公仆。八年后在西沟村再次见到她，穿着打扮依然没有变，白色长袖衣，黑色长裤，布鞋，短发，步伐和坐姿都还是那个样子。她代表的是新太行精神，她带动西沟和平顺成了响当当的全国造林绿化模范县。

于是平顺的树在我眼中格外不同了。离开高山上的千年古寨岳家村的那个夜晚，我曾独自抚摸着一棵铁铸似的千年古树，久久陷入沉默。返程时再看漫山"鱼鳞坑"中还不见浓绿的树苗，眼中便有了泪水。

那一次，盘山路升着升着就从趴在山坡上变成悬挂在石壁上了，因而当地人管这种路叫"挂壁路"，那路是从探悬着的石崖上一寸一寸凿出来的，探悬着的石崖下是数十丈的深渊，乘客多闭了眼不敢往下看。为安全计，最险峻的地段则沿悬崖凿成了弯洞，再在洞的外侧凿出些窗口来透光照亮。司机特意将车停在有窗口可倚处，让我们探头往窗下深渊看看景色，人和公路真的像被挂在悬崖似的，个个心被提到嗓子眼儿倒吸凉气，谁还敢多看呢？

汽车毕竟是侧凹在挂壁公路里面的，人不可能直接看清深渊有多深。同行中有位曾走遍天涯海角的诗人，初看几眼后还能笑着高谈阔论，再行些路程，下车步行过高悬三四百米的天脊山铁索桥和云崖栈道时，却再拿不出一点闲情逸致说古论今了，他几乎是闭了眼弓着腿，摸索着过了这道桥，而躲开惊险

的云崖栈道，直奔三叠瀑去饱眼福了。我们不恐高的一伙，抖腿走过云缭雾绕的铁索桥和栈道，再奔向大裂谷口跌下的三叠瀑。

从三叠瀑下望出去，周围高陡的山遮天蔽日，远处则雾海深深，苍山茫茫，我们依栈道而立，既不像在人间，又不像在天上，身上汗水淋漓，身边凉气凛然，宠辱皆忘，病痛全无，只觉胸中有气流向外涌动，不由自主想放开喉咙。

有人说，三叠瀑望过去的对面山头，就是河南林县了，这儿的山水连着两个省呢！哦，著名的林县红旗渠就是从平顺县挂壁穿凿而通的，平顺贵如油的漳河水，从那里分流给河南，成就了林县人的战天斗地精神。我仿佛真的看到漳河分流向林县那段红旗渠了，渠槽怀抱着漳河水，漳河水欢快地从平顺流向河南，这更是一道别具魅力的景致呢。我站在夕阳染红的，既真实如铜墙铁壁，又朦胧如太虚幻境的山上又长长地喊了一嗓子。

八年后，我告诉已十岁的小孙子太行，我又要去太行山采风啦！小孙子问，啥叫采风啊？我说，就是去看太行山的新风景！

这回，让我一见便嗓门儿发痒的，不是太行山刀削斧砍，望而生畏，攀之胆寒的那种水墨色主体了。首先迎接我们的是，主峡谷二十六千米、平均一千六百多米高的平顺虹梯关通天峡。峡谷的水深不见底，平静如翡翠镜面，把两侧的山都映得绿绿的，不仅可以在谷底乘游船仰望两壁间的一线天，我们还乘刚完工的霓虹电梯，毫不费力上升到云中的一线天顶。站在新安装的玻璃栈道，上上下下纵情观望，竟然白云缭绕水天相拥，恰好此时一弧半圆彩虹热情地把两壁绿山抱在一起。闯入眼底的，全是高高低低比八年前葱茏浓重许多的绿。

八年前来太行时所说的绿化，是指每处有土能种植树的地方，都植上树。而现在指的是，过去应该有树却不能植的地方，也都植满了树。比如许多重要地带，即使遍地山石，也密植了

四景车 程林超摄

树，而且密得没了再植的余地。比如我亲眼看见的壶关县晋庄镇、店上镇、石坡乡三地交界的十里岭。十里岭即万米岭。三地交界的万米石头岭上，想绿化全覆盖，就得先在石头上凿出十万多个坑来！这得多少当代愚公蹲在崎岖山岭上抡锤呢？又得抡多少锤？流多少汗？担多少土？才能凿一个树坑呢？才能植活一棵树呢？巍巍太行山啊，当年你帮助共产党领导的八路军抵抗日寇时，你的坚强，是老百姓的福气。有个如你般坚强的八路军战士，号称地雷大王，他在八年抗战中和战友一起，用太行山的石头制造并布埋了八百多颗地雷。如今，他的凿石造雷布雷精神，已为新时代凿石绿化的愚公们继承下来，使铜墙铁壁般的太行变成绿色的金山银山了。光壶关一县，绿化面积就由 1978 年的八点七万亩，增加到 2019 年的一百零五万亩，森林覆盖率由百分之七，提高到百分之五十二点六，一连十多个前滚翻！太行百姓个个是当代愚公，壶关县的历任书记和县长也都是当代愚公。愚公都行绿化令，都念金山银山经，这样的令和经，培养出了农民造林专家王五全，是他攻克了千百年来石头山上栽不活树的难题，成为全国劳动模范。

在石头上植满树，可不光是为了好看养眼，更是为了省出土地来种谷子！谷子，是山西人泛指粮食的代名词。听听民间艺人演唱的《谷子好》吧，词儿是去世多年的大作家赵树理写的，他在平顺三里湾村深入生活十多年，用的全是农民话："谷子好，谷子好，吃得香，费得少，你要能吃一斤面，半斤小米管你饱；爱稀你就熬稀粥，爱干就把捞饭捞；磨成糊糊摊煎饼，

刘兆林游太行山

满身窟窿赛面包。谷子好，谷子好，又有糠，又有草，喂猪喂驴喂骡马，好多社里离不了。谷子好，谷子好，抗旱抗风又抗雹，有时旱得焦了梢，一场透雨又活了；狂风暴雨满地倒，太阳一晒起来了；冰雹打得披了毛，秀出穗来还不小。谷子好，谷子好，可惜近来种得少，不说咱们不重视，还说谷子产量小……"

　　农民出身的一班艺人，扯开嗓子拼力吼，把一首《谷子好》越唱调门越高，二胡梆子喇叭等家什的伴奏声也水涨船高，鼓舞得我们也跟着嗓门儿发痒，直在心里跟他们一起呼吼：谷子好！谷子好！树到石上栽！省出土地种谷苗！

肖克凡

　　天津市作家协会副主席，中国作协全委会委员。著有长篇小说《鼠年》《原址》《机器》《生铁开花》《天津大码头》《旧租界》等八部，小说集《黑色部落》《赌者》《你为谁守身如玉》《唇边童话》《天津少爷》等十余部，散文随笔集《镜中的你和我》《一个人的野史》等四部。曾获首届天津市青年作家创作奖。长篇小说《机器》获中宣部第十届"五个一"工程奖、首届中国出版政府奖，并入围第七届茅盾文学奖。长篇小说《生铁开花》获北京市文学艺术奖。系张艺谋电影《山楂树之恋》编剧。

有道山西好地方

肖克凡

寻找武乡

一连几天长治周边行走，平顺县拜谒赵树理创作《三里湾》时居住的小院，屯留区参观抗日军政大学一分校旧址，壶关县游览万里森林防护墙，长子县瞻仰唐宋古代建筑奇观，潞安集团听取煤制油项目讲解，襄垣县欣赏"非遗"艺术展演……然而我心有所属，特别盼望前往武乡的行程。

我岳父生前经常说到山西武乡，以及武乡砖壁村。他老人家没文化，只会写自己的名字"王绪元"三个字。然而"武乡"成为八路军老战士晚年忆旧的关键词，饱含战争岁月的情感。

此行有拜访八路军总部王家峪的日程，我自然兴奋不已。王家峪坐落武乡县境内。武乡正是我岳父念念不忘的地方。他

1938 年 7 月在武乡参加革命工作成为秘密交通员，1939 年转入八路军 129 师 386 旅一团担任班长，后来升任 16 团炮兵排长，1945 年任炮兵连长，随 129 师新四旅 49 团调往陕甘宁边区保卫延安。我记得他说过"我们行军时见过刘邓首长呢！"

不知为什么，我岳父生前多次说到砖壁村八路军总部，还谈及从太行军区到太岳军区。我推测他不曾驻防王家峪，于是对砖壁村印象深刻。采风行前我查阅相关资料，得知 1939 年秋到 1940 年夏八路军总部驻扎武乡王家峪，之后迁往武乡砖壁村。在东渡黄河后艰苦抗战的岁月里，八路军总部数经转战，先后五次进驻武乡，从而创建了晋冀鲁豫、晋绥、晋察冀以及山东等敌后抗日根据地，使之成为华北抗战的中流砥柱。

乘车离开五阳煤矿前往武乡王家峪。五阳乃是传说"后羿射落五只太阳"的地方，因此获得五阳地名。武乡则因武山和乡水而得名，历史悠久。一路上我期待尽快抵达武乡八路军总部，那是我心中的热土。然而中途停车李峪村，又是参观景点，我跟随采风队伍信步走进"王来法纪念馆"，有些心猿意马。

纪念馆迎面墙壁挂着几百只地雷模型，七个横匾大字写着"地雷大王王来法"。我随即专注精神，听取讲解。

不听不知道，听了方知晓。这位被称为地雷大王的王来法本是河北省人，年幼逃荒来到李峪村。1938 年日军入侵武乡，他的养父被残酷杀害，这点燃王来法内心的复仇火焰。他挺身而出带领村里青壮组建抗日自卫队，并担任村武委会主任，前往县武委会学习爆破技术。心灵手巧的他很快掌握装雷和埋雷技能。

　　1943 年日军在蟠武镇修筑炮楼设立据点，李峪村多次遭受日寇扫荡，损失严重。我太行军区八路军决定发起蟠武战役，围歼蟠武公路沿线日军据点，以此孤立敌人。王来法积极参战，带领民兵自卫队不分昼夜出没在蟠武公路两侧。他们白天钻进青纱帐造地雷、装地雷，夜晚摸黑在公路上埋设地雷，以封锁敌人出击。无论日军出动大队人马清剿，还是出动小股兵力奔袭，只要脚踏蟠武公路便无法避开王来法布下的地雷阵，经常被炸得晕头转向人仰马翻，于是有了"天不怕，地不怕，就怕李峪村王来法"的传说。

　　即使日本鬼子趟过地雷阵进村搜查，王来法他们早在院门里挂好手榴弹，用这种"挂雷"给敌人送上"见面礼"。

　　中国军民抗日是持久战。由于物资匮乏，武器紧缺，铁制地雷壳供应不足，王来法利用石头制造石雷，一举成功。我看到纪念馆地上摆着形状不同的石雷，几乎就是未经打磨的石块，那装填火药的石孔塞着木楔，看似样貌简陋，却蕴含着杀伤力。

　　这间纪念馆玻璃展柜里陈列着很多地雷原件，这令我想起电影《地雷战》，那银幕里的人物显然就是王来法的化身。1943年王来法获得"杀敌功臣"称号。1944年7月"太行首届群英会"受到"太行地雷大王"荣誉嘉奖，那面锦旗上写着"抗战柱石，建国先锋"八个大字，落款是"晋冀鲁豫边区"。我被"建国先锋"四字所吸引，遥想抗日战争尚未取得胜利之时，晋冀鲁豫边区军民便满怀建立新中国的崇高理想，这正是

革命圣地——红色武乡 冀小军摄

坚定初心使然。

走出王来法纪念馆，跨越公路高悬"中国魔术第一村"红色横幅，下边配以"地雷大王故乡，魔术文化兴村"的标语。当年地雷与今日魔术有何关联？我不解其意跟随采风团走进大礼堂，落座观看"太行精神，光耀千秋"的情景剧。

赶在开演前，李峪村书记王竹红特意表演小节目，他的道具是两只瓷碗三颗核桃，变来变去好似乾坤大挪移，看得我们眼花缭乱。这时我们得知王竹红酷爱魔术，在他的带动下全村千余人口，居然有四百多人会变魔术，能够登台演出者高达二百余人。

首先是魔术表演。表演者多为李峪村妇女，竟有七十多岁老奶奶登台献艺，精彩表演引来热烈掌声。

大型情景剧"太行精神，光耀千秋"开演，演员阵容多达百人，个个都是李峪村村民。这台情景剧视野开阔编排紧凑，全面展现李峪村军民不屈不挠的民族斗争精神。他们真情实感的本色出演，深深沉浸于抗战烽火年代，"抗日救国，打败日寇！"发自肺腑的呐喊。这种演出明显有别于专业演出团队，使我们切实感受到历史深处的"李峪村表情"。

李峪村在发展农业种植的同时，紧紧抓住"地雷大王故乡，魔术文化兴村"的思路，将红色文化与魔术表演紧密结合，已经做成文化旅游产业。谁说红色文化不是软实力？谁说民间艺术没有吸引力？且看一辆辆旅游大巴开进村前广场，一拨拨旅行团赶来观看抗日情景剧。李峪村的文化旅游产业做得风生水起，名声远扬。

八路军总部
旧址
2019.6

　　告别李峪村，我忽有所悟。魔术在京津地区称为"戏法儿"。当年地雷大王自造石雷把侵略者炸得晕头转向，等于跟日本鬼子变起"战争戏法儿"，如今和平年代硝烟散尽，地雷大王的后代们充分发挥聪明才智开发第三产业，给游客们变起"幸福戏法儿"。时代不同了，李峪村民继承红色基因，大步走进新时代。

　　我们赶到韩北乡王家峪村，随即参观八路军总部。朱德总司令的住室，彭德怀副总司令的住室，左权副总参谋长的住室，还有北方局书记刘少奇的住室……我特意在刘伯承邓小平的住室前留影，迅速发往微信朋友圈。

　　王家峪八路军总部周边，老一辈无产阶级革命家亲手栽种的小树，如今其势参天。特别是那几株大杨树堪称神奇，你将小树枝的横纹轻轻掰开，树枝横断面便清晰呈现红色"五角星"图案，极像红军战士帽徽，这几株大树被称为"红星杨"。我将两截"红星杨"树枝带走，留作此行纪念。

暮色降临，我们赶往武乡县城参观"八路军太行纪念馆"，我在八路军迫击炮展台前拍照留念，意外发现八路军总部炮兵团团长武亭将军戎装照片。武亭将军是我岳父在延安炮校学习时的教官，也是他生前经常念叨的名字，尽管他只是个普通的八路军老兵。正是他多次念叨武乡地名，使我这次红色之旅收获满满……

沁源邂逅天津

终于抵达被大自然绿色包裹的地方，沁源县。这里有条河流古称沁水，郦道元《水经注》云："沁水即少水也，或言出谷远县羊头山世靡谷。三源奇注，经沥一隍，又南会三水，历落出，左右近溪，参差翼注也。"沁水今名沁河。沁源境内有沁河源头六处，应了"不集小流无以成江河"的古训。

我们在沁源采风，参观美丽乡村建设，游览社会主义新农村，接连走过王陶乡岭上村、灵空山镇黑峪村、紫红移民新村、善朴古村民宅，处处各具特色。一路采风容身大自然深处，切实感受山林风光，接连来到交口乡合欢本草谷、花坡、沁河源头、中峪乡龙头村油菜花种植基地、灵空山国家级自然保护区。处处留下深刻印象。

就自然条件而言，沁源得天独厚生态优良，全县森林覆盖率高达 60%，宛若"绿色宝石"镶嵌于晋东南大地，堪称天然大氧吧和最宜深呼吸的地方，被誉为三晋大地的"香格里拉"。

就生物多样性而言，沁源丰富而独特，这里山林盛产油松，令人惊叹的"油松之王"树高 46 米，树冠覆盖面积 70 平方米，一树派生出九枝树干，宛若九杆大旗昂然耸立林间，得以"九杆旗"美名，已被列入上海大世界吉尼斯纪录之最。山林深处还有名贵的褐马鸡存在，这种珍禽羽毛异常美丽，曾广泛用于清代官员顶戴花翎，可称"官家用品"。

就经济均衡发展而言，沁源县城人均 GDP 名列晋省首位，在增长速度普遍放缓的形势下，继续保持全省经济发展强县的势头，沁源足以令人艳羡。

就革命历史传统而言，抗战期间太岳军区司令部和太岳行署扎根沁源，具有厚重的红色文化积淀。当年阎寨村曾被喻为"小延安"。持续两年半的"沁源围困战"，全县八万人，没有一个村成立"维持会"，没有一个人做汉奸，充分体现中国人的血性与气节。自 1942 年起延安《解放日报》发表《向沁源人民致敬》《沁源人民胜利了》等百余篇文章。这种红色基因传承至今。

如此优美宜居的自然环境，如此丰厚的历史文化积淀。一处处自然美景，一桩桩历史故事，沁源县几获美誉，实至名归。然而，远离高速公路与机场造成交通不便，沁源颇有几分"养在深闺人未识"况味。绿色沁源的名声，红色沁源的名望，理应获得更为广泛的传扬。

　　一路奔波临近活动尾声，随团来到郭道镇采风，不由稍感疲惫。然而，走进安静整洁的大院落，迎面望见铁青色建筑墙上镶嵌"三线沁源展览馆"几个红色大字，这曾经熟悉的词语蓦然唤醒我的记忆。

　　不忘20世纪60年代，中国版图周边形成"马蹄形包围圈"，国际形势急迫，战争因素骤增。我国东部沿海地区老工业基地，首当其冲直接面临"美帝""苏修"穷兵黩武的威胁。于是中央依照全国战略地区划分，在我国中西部13个省区开展大规模的战备建设，包括国防、科技、工业和交通基本设施，统称"三线建设"。

　　一声令下，"好人好马上三线，备战备荒为人民"。从政府机关选派得力干部、从科研单位选调优秀人才、从先进企业抽调生产骨干、从名牌大学分配毕业生，从地方招收青年工人，汇集成为"三线人"的特殊群体。他们来到荒凉的大山深处，风餐露宿、肩挑背扛、白手起家，建宿舍、盖厂房，开辟祖国三线建设新天地。

　　中国三线建设分为"大三线"和"小三线"。山西省划为"小三线"地区。我记得20世纪60年代末，中学同学小余跟随父母从天津迁往"大三线"陕西宝鸡山区，从此断了联系。我20世纪80年代初在天津市机械工业局工作，办公室里的老王同志曾经参加山西"小三线"建设，每每谈起天津迁往山西的工厂，多次说到"长治"地方。人的记忆随着时光推移，渐渐容易淡忘。采风走进郭道镇"三线沁源展览馆"，一部鲜活的"小三线"历史呈现面前。沿着展览路线依次阅读，我从展

板里寻找"小三线"天津建设者的足迹。

　　名称：山西东升器材厂。性质：军工企业。代号：1027厂。
包建单位：天津永升器材厂。

　　名称：山西晋东器材厂。性质：军工企业。代号：1018厂。
包建单位：天津卫东器材厂。

　　名称：山西长虹机械厂。性质：军工企业。代号：1010厂。
包建单位：天津永红器材厂

　　名称：山西开源线材厂。性质：军工企业。代号：1029厂。
包建单位：天津卫东漆包线器材厂和天津工农兵电线厂。

　　名称：山西人民器材厂。性质：军工企业。代号：1011厂。

包建单位：天津新民器材厂。

名称：山西沁河机械厂。性质：军工企业。代号：1013厂。包建单位：天津天源器材厂和天津津源器材厂。

当年沁源县总共七座番号工厂，有六座来自天津。我不禁兴奋起来，企盼从小三线建设者照片里找到熟悉的天津面孔。

一张张照片里青春洋溢的笑容、意气风发的目光、朝气蓬勃的身影，分明定格于五十多年前光景里。我猛然意识到，他们如今均已年逾花甲甚至年过古稀，难以对照青春面容了。

尽管企业名称几经变更，我还是能够识别"天津卫东漆包线器材厂"就是坐落河西区陈塘庄工业区的天津市漆包线厂；"天津工农兵电线厂"就是坐落南开区长江道的天津市电线厂。这无疑是天津机械行业的荣耀。

三线沁源展览馆陈列着当年的机械生产设备。我能够认得二零车床和导轨磨床，还有立式铣床和剪板机，它们无声讲述着小三线建设者艰苦奋斗的故事。当年开源线材厂生产的被服线，产品质量难以达标，他们派员到天津609厂接受技术培训，很快排除产品质量缺陷。这让我感受到沁源与天津的不解之缘。也使我在山西沁源邂逅不曾谋面的天津前辈。

参观即将结束时，我意外得知那张铁木结构的台案被当地称为"天津桌"，由于当时沁源没有见过这种具有折叠功能的台案，便有了如此称谓。我给这张"天津桌"拍下照片，带它重返天津家乡。

从天津来到沁源小三线的建设者，起初有南开大学毕业生，后来有天津知识青年和复员军人，他们无私奉献了青春年华。

当时生活物资极其匮乏，女工在沁源商店里连卫生纸都买不到，只有草纸。许多生活日用品都是从城市家里捎来的，即便吃顿水饺也成了奢侈的事情。创业者艰苦奋斗的精神，迸发出难以想象的能量，在太岳深处小三线树起丰碑。

城乡生活确实存在差别。夏天里小三线女工穿起塑料凉鞋，竟然引起当地妇女们好奇，此前她们没见过裸露五只脚趾的鞋子，也没嗅到过小三线女工们身上散发的雪花膏味道。冬季天冷男徒工戴个口罩，穿件棉猴大衣也会引来惊异的目光。这群小三线建设者，受到当地政府和人民的大力支持，同时影响了当地的精神文化生活与文明生活习惯。

小三线工厂举行篮球、乒乓球、象棋比赛，带动了当地村民体育运动的开展。小三线工厂的文艺节目表演、锣鼓秧歌游行、放映露天电影，上映朝鲜的、阿尔巴尼亚的、南斯拉夫的电影，给当地青年村民播下喜好文艺的种子。清晨广播喇叭里的"新闻和报纸摘要节目"、晚间食堂开饭的味道……为闭塞静寂的山村生活吹来清新空气。村民们听见了普通话，看到了广播体操，接触了海报与大标语，懂得了粮票布票等各种票证，受到现代工业文明的熏陶。他们在工农互通有无的交往中，缩小着城乡差别，结下了深厚友谊。来自大城市的小三线职工们，在这里安家落户生儿育女，将沁源山村当作自己第二故乡。

青山犹在，绿水长流。随着国际国内形势发生重大变化，人类世界的和平与发展，成为不可阻拦的潮流。不论"大三线"还是"小三线"，顺应时代发展与改革开放气候，纷纷走上转型之路。那六座天津包建的小三线工厂，先后搬离沁源迁到榆次，几经整合完成凤凰涅槃，企业获得新生。然而，那些来自天津的小三线建设者的业绩，已然被写进那册厚厚的《三线沁源》书里，令后来人阅读与铭记。

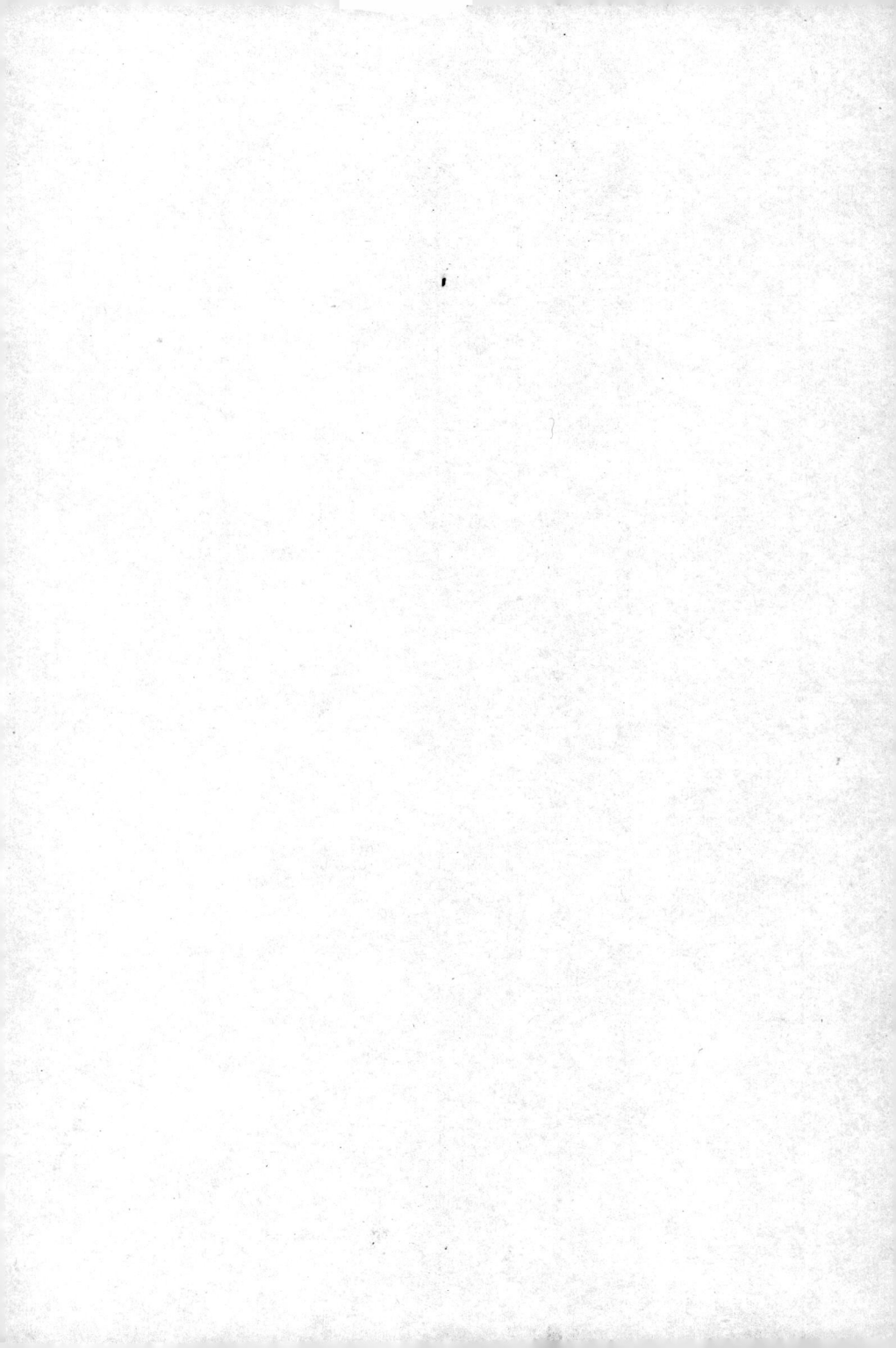